我的第一本
泰語課本

凡 例

1.本書專為泰語初學者標記羅馬拼音發音。

羅馬拼音標記盡可能接近泰語原音，不過仍有一定的侷限，例如外來語的
情況，讀者將可發現書中標記的羅馬拼音發音與實際發音有落差。因此，
請多加利用實際由泰國人錄製的MP3練習。

2.本書以泰國國語也就是泰國官方使用為主。

3.本書在「泰語字母與發音」中特別介紹主要幾個發音的例外情況，
其他的例外情況則依照需要於該頁附加說明，幫助讀者理解。

4.泰語發音時，必須特別注意聲調與長短音。

泰語是以聲調與長短音決定其意義的語言，必須時時留意。
請善加利用MP3練習發音。

 **前 言**

就是這本書！

泰國位處東南亞的中心，從過去至今，與台灣在政治、經濟、文化等方面皆有交流。

近來隨著泰籍新住民及其第二代與泰籍移工帶來了泰國文化並融入了台灣的社會裡，使得許多人對於泰國產生了好奇感，且由於旅行泰國的需求，進而對泰國這一個國家與泰語產生關注，都想要得到更進一步認識。

但是也有不少人看見陌生的泰語文字，不由得產生畏懼之感，放棄原本想學習泰語的意願。

這本《我的第一本泰語課本》，是以作者學習泰語的經驗為基礎，編寫由基本發音到日常生活中使用的基礎泰語會話，使泰語初學者更輕鬆、更有趣地學習泰語。

希望這本教材，能夠成為各位對泰國文化產生興趣的契機。

1.以貼近目前泰國當地使用的日常用法學習泰語會話。

本書致力於收錄台灣人前往泰國或與泰國人見面時的各種情況下，可能使用到的相關用法與例句。本書所收錄的內容，皆以在泰國經常使用的生活用法與基本用法為主。

2.選取會話中不可或缺的重點單字及文法，利用全彩插圖生動有趣地說明。

3.書中以最通用的羅馬拼音標記發音，有助於快速熟悉泰語發音。

利用書中以羅馬拼音標記的發音，配合由泰國當地人錄製的MP3練習，將可更輕鬆地學好泰語發音。

4.以插圖及照片介紹泰國文化，使泰語學習更加輕鬆有趣。

期望藉由本教材，可幫助讀者更輕鬆有趣地學習泰語會話。最後，向監修本教材的 Tatpon 與協助錄音的 Narisara Traiboot、Sematong Terdkead，以及在書稿編輯過程中，每當我對本書內容有所疑問或新增內容時，皆大力提供協助的朋友，致上最深的謝意。

本書的結構與運用

今日的泰語

在開始學習一種新的語言時，若能先對該語言有基本的認識，將可成為理解該語言的墊腳石。讓我們一起藉由插圖，認識泰語的來源與特徵吧。

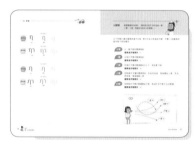

泰語字母與發音

在本單元，將要學習模樣有趣又神奇的泰語基本字母與發音。
一邊聽MP3，一邊跟著讀出子音、母音及聲調，並試著寫下來，打下學習泰語的基礎吧。

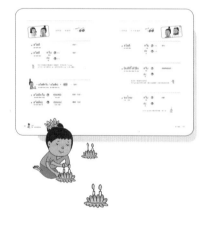

基本會話

本單元編寫最基本的會話短句，協助泰語初學者輕鬆掌握泰語。
在進入正文前，若能熟記本單元的基本會話短句，將有助在實際會話中有效且輕鬆地應用。

MP3光碟

由純正泰籍人士發音錄製，跟著聽便能學會講出最純正的泰語。

MP3 光碟

課文

今日泰國當地使用超簡單會話

主要以目前泰國當地使用的會話所組成，並以簡單
且容易的句子編寫，使任何一位泰語初學者都能輕
鬆上手。

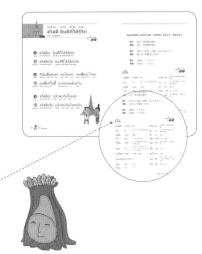

單字

不管學哪一種語言，背誦單字都是學習該語言的開
始。
在此主要收錄新出現的單字，請在進入本文之前跟著
MP3反覆練習，及早熟悉發音。

超簡單的解說

以最容易理解的方式，介紹會話中必備的基礎文
法。必要時以插圖說明，利於讀者輕鬆掌握。
在此出現的基礎單字說明與文法，是會話中必備的
知識，請務必好好熟悉。

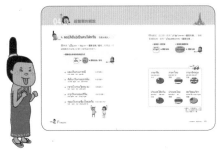

在泰國暢行無阻的會話練習

再次練習本文中較重要的句子，並應用於實際會話
中的單元。
熟悉經常使用的會話模式，並試著替換其他單字練
習，腦中將可自然而然記住泰語會話句模式。

一窺泰國文化

掌握泰國文化，泰語學習將可更加輕鬆有趣！
語言經常反映該國文化的脈動！
不了解泰國文化，無法真正學好泰語。
另外，快樂有趣地閱讀與台灣不同的泰國文化，將
可更進一步親近泰國。

目次

兜 (ต่อ)

駿逸(จวิ้นอี้)

瓊美 (ฉงเหม่ย)

馮(ฝน)

今日的泰語

什麼是泰語？

我在想
這次要去泰國玩呢～
啊，光是用想的，
就覺得興奮～～

泰語有稍微
準備一下了嗎？

有，可是文字的摸樣
根本就是油炸蚯蚓的形狀呀。
學泰語還真有點困難。

妳得認真學好泰語才行呀……
就用做泰式按摩的打工來
學泰語吧，怎麼樣啊？
要不要介紹我朋友
兜給你？

在泰國最初的國家素可泰王朝，
蘭甘亨國王於1283年將古高棉文加以改
變，創造了作為今日泰語基礎的素可泰文
字。泰語文字雖然繼承了古印度文一婆羅
米（Brahmi）文字系統，但是與印度文字
相去甚遠，是泰語文字的一大特色。

別想太多，
專心聽我說話啦……

我去了泰國，
有沒有機會遇見
泰國王子啊？

泰語有44個子音與32個母音，
還有5個聲調，也可以用4個聲調符號
來標示聲調。

哇，看來你還下
了點工夫準備啊。

但是，44個子音和32個母音
什麼時候才背得起來呀～～

也對！
想認識泰國王子的話，
要彼此能夠溝通，才可
以談戀愛或幹嘛的吧？

你一定可以的！
去一趟旅行，當個道地
的泰國人吧！

不同的聲調、長母音、短母音，
會有不同的發音，
意思也會變得不一樣，
要試試看才知道啊。

這世界上哪有易如
反掌的事～
唉唷！

沒錯～ 我相信你～

標準語與方言

去泰國的話要去哪裡啊?

再怎麼說,還是得去首都看看吧?

你是知道首都在哪裡,故意考我的嗎?

呵!泰國的首都在曼谷,我還知道,以曼谷為中心的中部地區所使用的中部地區語言,稱為標準語……

泰國大致分為5個地區,分別為中部、東部、南部、北部、東北部,各地區使用的單字或發音、語調都有些微差異。

清邁

寮國

北部

東北部

哥哥～～

中部

越南

清邁

東部

柬埔寨

普吉 南部

泰語的特徵

泰語大多是單音節，而且是動詞不會變形的孤立語。

哦～ 真棒！那麼跟中文一樣，要記的東西勢必比原先想的要少囉！

單音節

謂語 變形

動詞

哎～～～～呀……，
不過聲調可難了，
泰國人才聽得懂，
你可別掉以輕心呀…

那……，
聲調不能跳過嗎？

不懂聲調還想說好一口泰語嗎？
聲調雖然困難，不過只要稍加努力，一定可以精通的。
泰語的聲調有5個聲調（平聲、一聲、二聲、三聲、四聲），
並可區分為使用聲調符號的有形聲調，
以及未使用聲調符號的無形聲調。

等等！這裡的聲調符號有四個，分別是 ไ ย ฌ ＋ 對吧？

聲調

二聲 ∧

三聲 ／

四聲 ∨

平聲 －

一聲 ＼

沒錯、沒錯、沒錯！

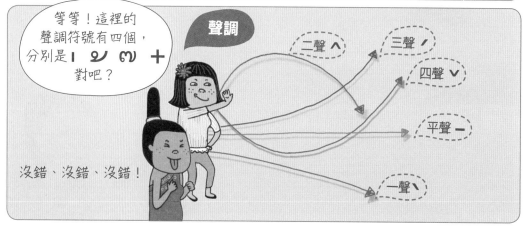

*聲調符號的一聲 ＼，二聲 ∧，三聲 ／，四聲 ∨ 只會在羅馬拼音中出現，
不會在泰文文字中出現。平聲 － 在羅馬拼音中不特別標出。

我的
第一本泰語課本

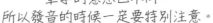

說泰語的時候，若聲調不同，
單字的意思也不同，
所以發音的時候一定要特別注意。

是！

標點符號

那麼，標點符號該怎麼寫？
我看下來，沒有看到問號、
驚嘆號耶……

逗號、句號、驚嘆號、問號等
標點符號都不使用。
空格除了部分情況外，
也都不使用。

王室用語

另外還有對國王及王室成員、僧侶使用的敬語。
王室使用的詞彙由巴利語、梵語而來，
由此來看，王室用語與佛教有著
密切的關聯。

三碗豬
啊……不是……是撒瓦低

兜 (ต่อ)

駿逸(จวิ้นอี้)

瓊美 (ฉงเหม่ย)

馮(ฝน)

泰語
字母與
發音

泰語字母與發音

TRACK 01

順序	子音	發音		意思	羅馬拼音	
					初聲子音	尾音
1	ก	กอ ไก่	gor gài	雞	g	k
2	ข	ขอ ไข่	kŏr kài	蛋	k	k
3	ฃ	ฃอ ขวด	kor kùat	瓶子	k	k
4	ค	คอ ควาย	kor kwaai	水牛	k	k
5	ฅ	ฅอ คน	kor kon	人	k	k
6	ฆ	ฆอ ระฆัง	kor rá-kang	鐘	k	k
7	ง	งอ งู	ngor ngoo	蛇	ng	ng
8	จ	จอ จาน	jor jaan	碟子	j	t
9	ฉ	ฉอ ฉิ่ง	chŏr chìng	小鈸	cȟ	-
10	ช	ชอ ช้าง	chor cháang	大象	ch	t
11	ซ	ซอ โซ่	sor soh	鐵鍊	s	t

1.子音

泰語子音符號計有如下44個。子音發音時，加上母音一起發音。以下表中的3號 ฃ 與5號 ฅ，目前已不使用。

順序	子音	發音		意思	羅馬拼音	
					初聲子音	尾音
12	ฌ	ฌอ เฌอ	chor cher	樹	ch	-
13	ญ	ญอ หญิง	yor yĭng	女人	y	n
14	ฎ	ฎอ ชฎา	dor chá-daa	尖頂冠	d	t
15	ฏ	ฏอ ปฏัก	dtor bpà-dtàk	標槍	dt	t
16	ฐ	ฐอ ฐาน	tŏr tăan	塔座	t	t
17	ฑ	ฑอ มณโฑ	tor mon-toh	曼陀（印度史詩人物）	t	t
18	ฒ	ฒอ ผู้เฒ่า	tor pôo-tâo	老人	t	t
19	ณ	ณอ เณร	nor nen	沙彌	n	n
20	ด	ดอ เด็ก	dor dèk	小孩	d	t
21	ต	ตอ เต่า	dtor dtào	烏龜	dt	t
22	ถ	ถอ ถุง	tŏr tŭng	袋子	t	t

順序	子音	發音		意思	羅馬拼音	
					初聲子音	尾音
23	ท	ทอ ทหาร	tor tá-hăan	軍人	t	t
24	ธ	ธอ ธง	tor tong	旗子	t	t
25	น	นอ หนู	nor noo	老鼠	n	n
26	บ	บอ ใบไม้	bor bai máai	葉子	b	p
27	ป	ปอ ปลา	bpor bplaa	魚	bp	p
28	ผ	ผอ ผึ้ง	pŏr pêung	蜜蜂	p	-
29	ฝ	ฝอ ฝา	fŏr făa	蓋子	f	-
30	พ	พอ พาน	por paan	高腳盤	p	p
31	ฟ	ฟอ ฟัน	for fan	牙齒	f	p
32	ภ	ภอ สำเภา	por săm-pao	帆船	p	p
33	ม	มอ ม้า	mor máa	馬	m	m

我的
第一本泰語課本

順序	子音	發音		意思	羅馬拼音	
					初聲子音	尾音
34	ย	ยอ ยักษ์	yor yák	夜叉	y	ai
35	ร	รอ เรือ	ror reua	船	r	n
36	ล	ลอ ลิง	lor ling	猴子	l	n
37	ว	วอ แหวน	wor waen	戒指	w	ao
38	ศ	ศอ ศาลา	sŏr săa-laa	亭子	s	t
39	ษ	ษอ ฤษี	sŏr reu-sĕe	隱者	s	t
40	ส	สอ เสือ	sŏr sĕua	老虎	s	t
41	ห	หอ หีบ	hŏr hèep	箱子	h	-
42	ฬ	ฬอ จุฬา	lor jù-laa	風箏	l	n
43	อ	ออ อ่าง	or àang	盆	o	-
44	ฮ	ฮอ นกฮูก	hor nók hôok	貓頭鷹	n	-

中子音（9個）

TRACK 02

ก	雞
gor gài	

จ	碟子
jor jaan	

ฎ	尖頂冠
dor chá-daa	

ฏ	標槍
dtor bpà-dtàk	

ด	小孩
dor dèk	

ต	烏龜
dtor dtào	

บ	葉子
bor bai máai	

ป 魚
bpor bplaa

อ 盆
or àang

高子音（10個）

TRACK 03

ข 蛋
kŏr kài

ฉ 小鈸
chŏr chìng

ฐ 塔座
tŏr tăan

ฤ	袋子		
tŏr tŭng			
พ	蜜蜂		
pŏr pêung			
ฟ	蓋子		
fŏr făa			
ศ	亭子		
sŏr săa-laa			
ษ	隱者		
sŏr reu-sĕe			
ส	老虎		
sŏr sĕua			
ห	箱子		
hŏr hèep			

ค 水牛
kor kwaai

ฆ 鐘
kor rá-kang

ง 蛇
ngor ngoo

ช 大象
chor cháang

ซ 鐵鍊
sor soh

ฌ 樹
chor cher

ญ 女人
yor yǐng

ฑ 曼陀
（印度史詩人物）
tor mon-toh

ฒ 老人
tor pôo-tâo

ณ 沙彌
nor nen

ท 軍人
tor tá-hǎan

ธ 旗子
tor tong

น 老鼠
nor noo

พ 高腳盤 por paan	พ	พ
ฟ 牙齒 for fan	ฟ	ฟ
ภ 帆船 por săm-pao	ภ	ภ
ม 馬 mor máa	ม	ม
ย 夜叉 yor yák	ย	ย
ร 船 ror reua	ร	ร
ล 猴子 lor ling	ล	ล

ง 戒指
wor waen

พ 風箏
lor jù-laa

ฮ 貓頭鷹
hor nók hôok

我的
第一本泰語課本

2.母音

泰語母音符號計有如下32個。母音依據發音的長短,區分為短母音與長母音。中子音、高子音、低子音與長母音或短母音結合,決定其聲調。以下母音表中的「-」符號,代表子音符號的位置。

以下以泰語子音中的第一個符號ก為例,將此符號置於子音的位置,表示子音與母音結合的範例。這只是為了更明確掌握子音位置而提供的範例,多數其實是不存在的單字。

短母音	-ะ a	結合範例 กะ gà
長母音	-า aa	結合範例 กา gaa
短母音	-ิ i	結合範例 กิ gì
長母音	-ี ee	結合範例 กี gee

		結合範例	
短母音	แ-ะ ae	แกะ gàe	แ-ะ
長母音	แ- ae	แก gae	แ-
短母音	โ-ะ o	โกะ gò	โ-ะ
長母音	โ- oh	โก goh	โ-
短母音	เ-าะ or	เกาะ gòr	เ-าะ
長母音	-อ or	กอ gor	-อ

短母音 เ-อะ
oe

結合範例 เกอะ
gòe

เ-อะ

 長母音 เ-อ
oe

結合範例 เกอ
goe

เ-อ

短母音 เ-ือะ
eua

結合範例 เกือะ
gèua

เ-ือะ

長母音 เ-ือ
eua

結合範例 เกือ
geua

เ-ือ

短母音 เ-ียะ
ia

結合範例 เกียะ
gìa

เ-ียะ

長母音 เ-ีย
ia

結合範例 เกีย
gìa

เ-ีย

結合範例

| 短母音 | -ัวะ
ua | กัวะ
gùa |

結合範例

| 長母音 | -ัว
ua | กัว
gua |

結合範例

| 短母音 | เ-า
ao | เกา
gào |

結合範例

| 長母音 | -ำ
am | กำ
gam |

★ 雖歸類為長母音，但在唸的時候會以短母音來發音。

結合範例

| 短母音 | ไ-
ai | ไก
gài |

結合範例

| 長母音 | ใ-
ai | ใก
gai |

★ 雖歸類為長母音，但在唸的時候會以短母音來發音。

結合範例

短母音 ฤ rèu
ฤ rèu
ฤ

結合範例

長母音 ฤๅ reu
ฤๅ reu
ฤๅ

結合範例

短母音 ฦ lèu
ฦ lèu
ฦ

結合範例

長母音 ฦๅ leu
ฦๅ leu
ฦๅ

3.聲調

泰語聲調共有5個。（請特別注意下方所述的一聲、二聲、三聲、四聲並非指中文的聲調。）

以下符號只會在羅馬拼音中出現，泰文中並沒有這些符號。平聲 – 在羅馬拼音中則不特別標示。

平聲 以一般平穩的聲調發音。
羅馬音符號標示：–

一聲 以低於平聲的聲調發音。
羅馬音符號標示：ˋ

二聲 從高於平聲的聲調開始往上升，再接著下降。
羅馬音符號標示：^

三聲 從稍高於平聲的聲調開始，若為短母音，發音簡短上揚；若為長母音，發音緩緩上揚。
羅馬音符號標示：ˊ

四聲 從稍低於平聲的聲調開始下降，再回升到平聲左右的聲調。
羅馬音符號標示：ˇ

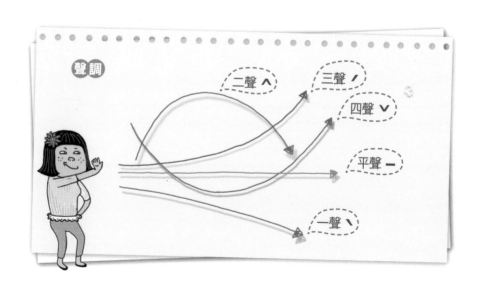

無形聲調

沒有尾音的情況　子音+母音

子音		+ 短母音	, 長母音
中子音	ก, จ, ฎ, ฏ, ด, ต, บ, ป, อ	一聲	平聲
高子音	ข, ฉ, ฐ, ถ, ผ, ฝ, ศ, ษ, ส, ห	一聲	四聲
低子音	ค, ง, ช, ซ, ท, น, พ, ฟ, ม, ย, ร, ล, ว, ฆ, ฌ, ธ, ฑ, ฒ, ณ, ภ, ญ, ฬ, ฮ	三聲	平聲

無形聲調根據子音的種類（中子音、高子音、低子音）與母音的種類（短母音、長母音），以及尾音的種類（清尾音、濁尾音）決定聲調，並不使用其額外的聲調符號。

子音＋母音

中子音 ＋ 短母音 ＝ 一聲
中子音 ＋ 長母音 ＝ 平聲

- ดุ　責備
  dù
- ตี　打
  dtee

- เกาะ　島
  gòr
- อา　叔叔
  aa

高子音 ＋ 短母音 ＝ 一聲
高子音 ＋ 長母音 ＝ 四聲

- ผุ　腐壞
  pù
- ขา　腳
  kǎa

- เถาะ　生肖兔
  tòr
- หา　尋找
  hǎa

低子音 ＋ 短母音 ＝ 三聲
低子音 ＋ 長母音 ＝ 平聲

- เยอะ　多
  yóe
- มา　來
  maa

- วะ　感嘆語助詞
  wá
- ยา　藥
  yaa

有尾音的情況

子音＋母音＋尾音（清尾音、濁尾音）

尾音
清尾音（開韻：持續發音的情況，即收尾音ng、i、o、m、n的情況）
濁尾音（閉韻：聲音中止的情況，即收尾音k、t、p的情況）

尾音 ng、i、o、m、n 清尾音

ง ย ว ม น ญ ณ ร
ล ฬ

尾音 k、t、p 濁尾音

ก ข ค ฆ ด จ ช ซ ฎ
ฏ ฐ ฑ ฒ ต ถ ท ธ
ศ ษ ส บ ป พ ฟ ภ

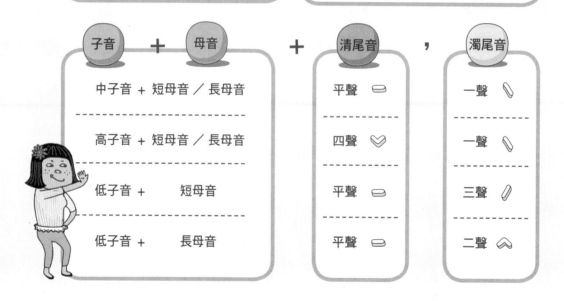

子音 ＋ 母音	＋ 清尾音	， 濁尾音
中子音 ＋ 短母音／長母音	平聲 ⎯	一聲 ╲
高子音 ＋ 短母音／長母音	四聲 ⌄	一聲 ╲
低子音 ＋ 短母音	平聲 ⎯	三聲 ╱
低子音 ＋ 長母音	平聲 ⎯	二聲 ⌃

子音＋母音＋尾音（清尾音、濁尾音）

中子音 ＋ 短母音 長母音

+ 清尾音 = ▭ 平聲
+ 濁尾音 = ╲ 一聲

• **จาน** 碟子
jaan

• **ปาก** 嘴巴
bpàak

高子音 ＋ 短母音 長母音

+ 清尾音 = ⌵ 四聲
+ 濁尾音 = ╲ 一聲

• **สาย** 遲
sǎai

• **สุข** 幸福
sùk

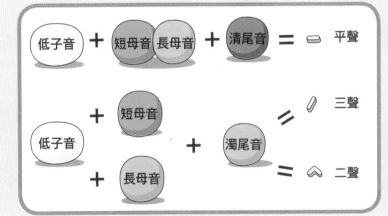

低子音 ＋ 短母音 長母音 ＋ 清尾音 = ▭ 平聲

低子音 ＋ 短母音 + 濁尾音 = ╱ 三聲

＋ 長母音 = ⌃ 二聲

• **คง** 也許
kong

★子音與子音結合時，
可視為中間省略了短
母音 เ-ะ 。

• **ทุก** 每個
túk

• **มาก** 非常
mâak

有形聲調

符號	名稱	發音	練習
่	ไม้เอก	máai àyk	่
้	ไม้โท	máai toh	้
๊	ไม้ตรี	máai dtree	๊
๋	ไม้จัตวา	máai jàt-dtà-waa	๋

＊此為聲調符號在泰文中所叫的名稱，請讀者不要誤會為聲調舉例的單字。

聲調符號所標示的音節，與母音的種類、尾音的種類無關，而是由標示有聲調符號的子音的種類決定聲調。

例如，**ห้าม** hâam／禁止
標示有聲調符號 ้ 的子音，為高子音的 **ห** hǒr hèep，因此發為二聲。

子音＋聲調符號

	่	้	๊	๋
中子音 ก, จ, ฎ, ฏ, ด, ต, บ, ป, อ	一聲	二聲	三聲	四聲
高子音 ข, ฉ, ฐ, ถ, ผ, ฝ, ศ, ษ, ส, ห	一聲	二聲	-	-
低子音 ค, ง, ช, ซ, ท, น, พ, ฟ, ม, ย, ร, ล, ว, ฆ, ฌ, ธ, ฑ, ฒ, ณ, ภ, ญ, ฬ, ฮ	二聲	三聲	-	-

發音例外

計算聲調時，應注意部分例外的情況，以下為幾個主要的例外情況。

範例		單字	

◀ 子音＋◌ั 時，發為短母音 -ะ a。

หะน → หัน　發為短母音 -ะ

- หัน　朝向
  hǎn

- ดัน　推
  dan

◀ 沒有母音，只有子音與子音結合的音節，可視為中間省略了短母音 โ-ะ o 或 -ะ a。

ทน　中間省略短母音 โ-ะ 或 -ะ

- ขนม　甜點
  kà-nǒm

- ถนน　道路
  tà-nǒn

★原本 นม 與 นน 應是平聲，在此情況下，前面的高子音 ข 與 ถ 將後面的低子音改變為高子音，因此發音非平聲，而是四聲。

◀ ท tor tá-hǎan 與 ร ror reua 接在前後時，發為 ซ sor soh 音。

發為 ซ 音　ทราย

- ทราย　沙子
  saai

- ทราบ　知道
  sâap

ห hŏr hèep 後接發音為清尾音ng、i、o、m、n 的子音 ง, ย, ว, ม, น, ญ, ณ, ร, ล 時，ห不發音，聲調依高子音 ห 規則處理。

- หมด mòt 結束、全部
- หมา mǎa 狗

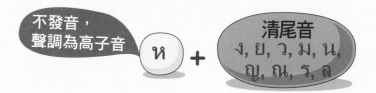

不發音，
聲調為高子音
ห
清尾音
ง, ย, ว, ม, น,
ญ, ณ, ร, ล

接於ย前時，อ or àang 不發音，聲調依中子音 อ 規則處理。

- อยู่ yòo 在、存在
- อย่า yàa 不要～

不發音，
聲調不變！
อยู่

4.其他

句中符號

以下為句中符號。

符號	用途	

** $\overset{\circ}{-}$**
gaa-ran

標示此符號的子音不發音

ﾃ
$\overset{\circ}{-}$

• อาจารย์　　aa-jaan　　教授

$\overset{=}{-}$
máai dtài kóo

長母音短母音化

$\overset{=}{-}$
$\overset{=}{-}$

• เผ็ด　　pèt　　辣

ๆ
bpai yann noi

接於長單字後，表示部分單字省略

ๆ

• กรุงเทพฯ　　grung tâyp　　曼谷

ๆ
máai ya mok

單字重覆使用、表示強調

ๆ

• มากๆ　　mâak mâak　　非常多

ฯลฯ
bpai yaan yài

用於表示「其他等等」的意思

ฯลฯ

• ไก่ หมู วัว ฯลฯ　gài mǒo wua láe-èun-èun　雞、豬、牛等等

泰語原有數字

TRACK 10

泰國混用阿拉伯數字與原有數字，應熟記原有數字。

๐ sŏon	0	๐	๐
๑ nèung	1	๑	๑
๒ sŏng	2	๒	๒
๓ săam	3	๓	๓
๔ sèe	4	๔	๔

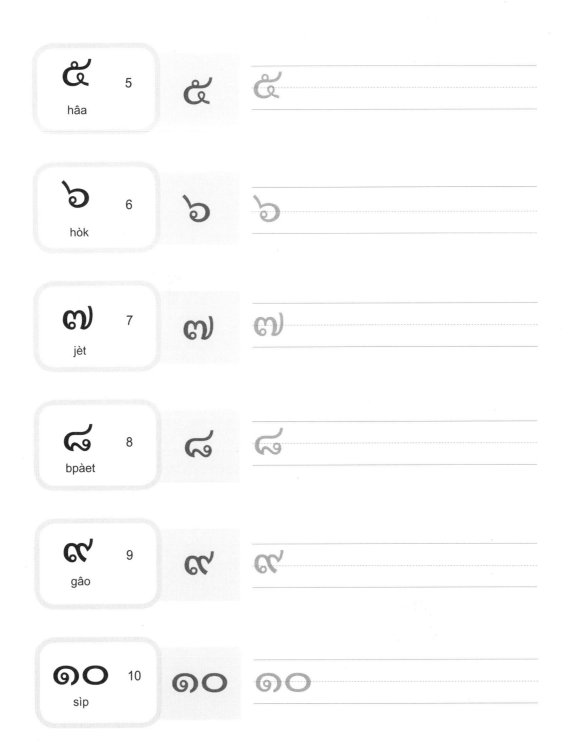

๕ 5 hâa

๖ 6 hòk

๗ 7 jèt

๘ 8 bpàet

๙ 9 gâo

๑๐ 10 sìp

兜 (ต่อ)

駿逸(จวิ้นอี้)

瓊美 (ฉงเหม่ย)

馮(ฝน)

基本
會話

1.招呼語 － 見面時

◢ สวัสดี   你好！
sà-wàt-dee

◢ สวัสดี │ ครับ 男性   您好。
sà-wàt-dee   kráp

         ค่ะ 女性
         kâ

 對初次見面或位階高的人說話時，男性使用 ครับ kráp；
女性於平述句使用ค่ะ kâ，疑問句使用คะ kâ，以表示鄭重。

 ● สวัสดีครับ / สวัสดีค่ะ ＋ 對象 　～，您好。
sà-wàt-dee kráp sà-wàt-dee kâ

◢ สวัสดีครับ │ คุณพ่อ   爸爸，您好。
sà-wàt-dee kráp   kun pôr

◢ สวัสดีค่ะ │ คุณแม่   媽媽，您好。
sà-wàt-dee kâ   kun mâe

2.招呼語 － 初次見面時

สวัสดี
sà-wàt-dee

ครับ 男性
kráp

ค่ะ 女性
kâ

您好。

ยินดีที่ได้รู้จัก
yin dee têe dâai róo jàk

ครับ
kráp

ค่ะ
kâ

很高興認識您。

> 這是初次見面時的招呼語。
> ยินดี yin dee 意思是高興，隱含有認識對方而感到高興的意思。

ขอโทษ
kŏr   tôht

ครับ
kráp

ค่ะ
kâ

抱歉。

> ขอโทษ kŏr tôht 的意思是抱歉、對不起。

คุณชื่ออะไร
kun chêu a-rai

ครับ
kráp

คะ
kâ

您叫什麼名字？

คุณ kun 的意思是您。

ผม
pŏm

ดิฉัน
dì-chăn

ชื่อ + 名字
chêu

ครับ
kráp

ค่ะ
kâ

我的名字叫～。

自稱時，男性使用 ผม pŏm，女性使用 ดิฉัน dì-chăn。

ผมชื่อจวิ้นอี้ นามสกุลหลินครับ
pŏm chêu jun-yi naam sà-gun lin kráp

我的名字叫駿逸，姓林。

3.招呼語 - 久未見面時

◢ เป็นอย่างไรบ้าง
bpen yâang rai bâang

ครับ
kráp 男性　最近過得怎麼樣？

คะ
kâ 女性

◢ สบายดีไหม
sà-baai dee măi

ครับ
kráp 　最近過得好嗎？

คะ
kâ

◢ สบายดี
sà-baai dee

ครับ
kráp 　還不錯。過得不錯。

ค่ะ
kâ 　สบาย sà-baai 是平安、健康的意思，用於表示狀態或健康。

◀ แล้วคุณล่ะ
láew kun lâ

ครับ 那你呢？那你怎麼樣？
kráp

คะ
kâ

◀ ไม่ค่อยสบายดี
mâi kôi sà-baai dee

ครับ
kráp

ค่ะ 不太好。作事不順利。不怎麼樣。
kâ

แล้วคุณล่ะคะ
láew kun lâ ká

那你呢？那你怎麼樣？

ไม่ค่อยสบายดีครับ
mâi kôi sà-baai dee kráp

不太好。

我的
第一本泰語課本

4.招呼語 – 道別時

สวัสดี
sà-wàt-dee

ครับ 男性　請慢走。

ค่ะ 女性

kâ

> 中文見面的「您好」
> 與道別時的「請慢走」，
> 泰語都使用 สวัสดี sà-wàt-dee。

*為便於理解，才將 สวัสดี 翻為「您好」及「請慢走」，但在泰語 สวัสดี 僅是見面及道別的招呼語，不能完全等同中文「您好」及「請慢走」的意思。

แล้วพบกันใหม่
láew　póp　gan　mài

ครับ

kráp

下次再見。

ค่ะ

kâ

> พบ póp 的意思是見面，
> 這句含有「那麼下次再見吧」
> 的意思。

สวัสดีค่ะ
sà-wàt-dee kâ
請慢走。

幹嘛這樣～
不要老是學我
快走吧！

สวัสดีค่ะ
sà-wàt-dee kâ
請慢走。

5.感謝

◢ ขอบคุณ
kòp　kun

ครับ 男性　謝謝。
kráp

ค่ะ 女性
kâ

> ขอบคุณ kòp kun 的意思是謝謝，
> 是重視禮貌的泰國人
> 經常向對方表示感謝的用法。

◢ ขอบคุณมาก
kòp　kun　mâak

ครับ 非常感謝。
kráp

ค่ะ
kâ

> มาก mâak 的意思是非
> 常、相當、多的意思

◢ ไม่เป็นไร
mâi bpen　rai

ครับ 哪裡哪裡。沒關係。
kráp

ค่ะ
kâ

6.道歉

ขอโทษ
kŏr tôht

ครับ kráp		男性
ค่ะ kâ		女性

對不起。

> ขอโทษ kŏr tôht 的意思是對不起，是重視禮貌的泰國人經常向對方表示道歉的用法。

ขอโทษจริงๆ
kŏr tôht jing jing

ครับ kráp	
ค่ะ kâ	

非常抱歉。

ไม่เป็นไร
mâi bpen rai

ครับ kráp	
ค่ะ kâ	

沒關係。

＊與回應感謝的「哪裡、哪裡」是同一個句子。

7.其他 － 回答

ครับ 男性
kráp

ค่ะ 女性
kâ

是。 好。

ใช่
châi

ครับ
kráp

ค่ะ
kâ

是。 對。

ไม่ใช่
mâi châi

ครับ
kráp

ค่ะ
kâ

不是。 不對。

มี
mee

ครับ
kráp

ค่ะ
kâ

有。

ไม่มี
mâi mee

ครับ
kráp

ค่ะ
kâ

沒有。

เข้าใจแล้ว
kâo jai láew

ครับ
kráp

ค่ะ
kâ

了解了。

ไม่เข้าใจ
mâi kâo jai

ครับ
kráp

ค่ะ
kâ

不了解。

比我年紀還大？
ไม่ใช่ครับ
mâi chái kráp
不是的。

ทำได้
tam dâai

ครับ
kráp

ค่ะ
kâ

辦得到。會。

ทำไม่ได้
tam mâi dâai

ครับ
kráp

ค่ะ
kâ

辦不到。不會。

你會煮泰國
料理嗎？

ทำได้ครับ
tam dâai kráp
會。

我的
第一本泰語課本

◢ **ฮัลโหล**
han-lŏh

（通話時）喂。

◢ **นี่อะไร**
nêe a-rai

ครับ 男性
kráp

ค่ะ 女性
kâ

這是什麼？

◢ **นี่เท่าไร**
nêe tâo rai

ครับ
kráp

ค่ะ
kâ

這個多少錢？

詢問價格時的用法。

◢ **ใช่ไหม**
châi măi

ครับ
kráp

ค่ะ
kâ

對嗎？

兜 (ต่อ)

駿逸(จวิ้นอี้)

瓊美 (ฉงเหม่ย)

馮(ฝน)

課文

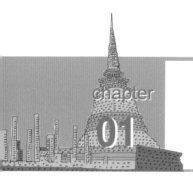

sà wàt dee   yin dee   têe dâai   róo jàk

สวัสดี ยินดีที่ได้รู้จัก

你好，很高興認識你。

馮(ฝน)

สวัสดีค่ะ ยินดีที่ได้รู้จักค่ะ
sà-wàt-dee kâ   yin dee   têe dâai róo jàk kâ

駿逸(จวิ้นอี้)

สวัสดีครับ ยินดีที่ได้รู้จักครับ
sà-wàt-dee kráp   yin dee   têe dâai róo jàk kráp

馮(ฝน)

ดิฉันชื่อฝนค่ะ ขอโทษค่ะ คุณชื่ออะไรคะ
dì-chăn chêu fŏn kâ   kŏr tôht kâ   kun chêu à-rai   ká

駿逸(จวิ้นอี้)

ผมชื่อจวิ้นอี้ นามสกุลหลินครับ
pŏm chêu jun-yi   naam sà-gun   lin   kráp

馮(ฝน)

สวัสดีค่ะ แล้วพบกันใหม่ค่ะ
sà-wàt-dee kâ   láew póp gan mài   kâ

駿逸(จวิ้นอี้)

สวัสดีครับ แล้วพบกันใหม่ครับ
sà-wàt-dee kráp   láew póp gan mài   kráp

馮(ฝน)與駿逸(จวิ้นอิ้)初次見面，互相問候。馮是女生，駿逸是男生。

馮　你好，很高興認識你。
駿逸　你好，很高興認識你。

馮　我的名字叫馮。抱歉，你叫什麼名字？
駿逸　我的名字叫駿逸，姓林。

馮　請慢走。下次再見。
駿逸　請慢走。下次再見。

單字

สวัสดี	sà-wàt-dee	你好
ค่ะ	kâ	女性接於字尾的尊稱語助詞
ยินดี	yin dee	高興
ได้	dâai	表示過去的助動詞
ดิฉัน	dì-chǎn	我（表示鄭重的女性第一人稱代名詞）
คุณ	kun	你（第二人稱代名詞）；～先生／小姐（接於名字前，表示尊稱）
ขอโทษ	kǒr tôht	對不起、抱歉
นามสกุล	naam sà-gun	姓氏
พบ	póp	見面
ใหม่	mài	再次

ครับ	kráp	男性接於句尾的尊稱語助詞
คะ	ká	女性接於疑問句句尾的尊稱語助詞
ที่	têe	因為～
รู้จัก	róo jàk	知道、認識
ผม	pǒm	我（男性第一人稱代名詞）
ชื่อ	chêu	名字
อะไร	a-rai	什麼
แล้ว	láew	並且、然後、之後，表示完結的助動詞；（連接詞）
กัน	gan	彼此、共同

 **I. สวัสดี** 你好。

1 สวัสดี sà-wàt-dee 的意思是「你好」，是與人見面或道別時使用的單字。對於位階高者或業務客戶、初次見面的人，男性必須使用 **ครับ** kráp，女性必須使用 **ค่ะ** kâ 以表示鄭重。

สวัสดี **+** ครับ　（男性）你好。
sà-wàt-dee　kráp

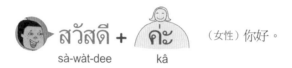
สวัสดี **+** ค่ะ　（女性）你好。
sà-wàt-dee　kâ

2 สวัสดี sà-wàt-dee 後接對方的名字或稱呼，用以表示問候，不過也可以省略。對於位階高者或業務客戶、初次見面的人招呼時，在名字前加上表示「先生、小姐、您」的 **คุณ** kun。

สวัสดีครับคุณฝน　（話者為男性時）您好，馮小姐。
sà-wàt-dee kráp　kun　fŏn

สวัสดีค่ะคุณจวิ้นอี้　（話者為女性時）您好，駿逸先生。
sà-wàt-dee kâ kun　jun-yi

2. ยินดีที่ได้รู้จัก 很高興認識你。

ยินดีที่ได้รู้จัก yin dee têe dâai róo jàk 是初次認識對方時，表示很高興見到對方的用法。男性必須使用 ครับ kráp，女性必須使用 ค่ะ kâ，以表示鄭重。

ยินดีที่ได้รู้จัก + ครับ （男性）很高興認識你。
yin dee têe dâai róo jàk kráp

ยินดีที่ได้รู้จัก + ค่ะ （女性）很高興認識你。
yin dee têe dâai róo jàk kâ

3. ขอโทษ คุณชื่ออะไร 抱歉，你叫什麼名字？

1 ขอโทษ kŏr tôht 相當於英語的 Excuse me，意思是「對不起、抱歉」。

ขอโทษ + ครับ （男性）對不起。 抱歉。
kŏr tôht kráp

ขอโทษ + ค่ะ （女性）對不起。 抱歉。
kŏr tôht kâ

2 คุณชื่ออะไร kun chêu a-rai 是表示「**你叫什麼名字?**」的疑問句,對位階高者或業務客戶、初次見面的人,男性必須於句尾接 **ครับ** kráp,女性必須於句尾接 **คะ** ká,使用鄭重的用法詢問。

• 詢問名字　　　　　　　你叫什麼名字?

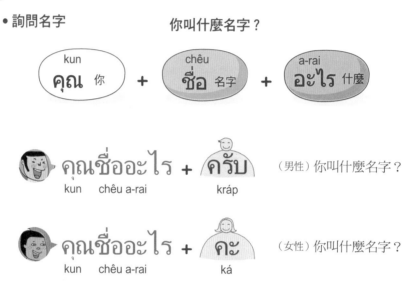

kun　chêu a-rai　　+　kráp　　　　(男性) 你叫什麼名字?

kun　chêu a-rai　　+　ká　　　　　(女性) 你叫什麼名字?

 4. ผมชื่อจวิ้นอี้ นามสกุลหลินครับ

我的名字叫駿逸,姓林。

ชื่อ chêu 是名字,**นามสกุล** naam sà-gun 是姓。泰國人的本名較長,因此經常使用簡短的別名,除了正式場合外,一般以別名稱呼。

 **ผมชื่อจวิ้นอี้**　　　我的名字叫駿逸。
pǒm chêu jun-yi

 **นามสกุลหลินครับ**　　姓林。
naam sà-gun　lin　kráp

ดิฉันชื่อฉงเหม่ย
dì-chăn chêu qiong-mei

我的名字叫瓊美。

นามสกุลเฉินค่ะ
naam sà-gun chen kâ

姓陳。

5. แล้วพบกันใหม่ 下次再見。

แล้วพบกันใหม่ láew póp gan mài 是與對方道別時，表示「下次再見」的用法。對位階高者或業務客戶、初次見面的人，男性必須於句尾接 ครับ kráp，女性必須於句尾接 ค่ะ kâ，使用鄭重的用法才行。

แล้วพบกันใหม่ + ครับ
láew póp gan mài kráp

（男性）下次再見。

แล้วพบกันใหม่ + ค่ะ
láew póp gan mài kâ

（女性）下次再見。

在泰國暢行無阻的 會話練習

01 自我介紹

TRACK 21

สวัสดีครับ sà-wàt-dee kráp	你好。
ยินดีที่ได้รู้จักครับ yin dee têe dâai róo jàk kráp	很高興認識你。
ผมชื่อจวิ้นอี้ครับ pǒm chêu jun-yi kráp	我的名字叫駿逸。

男性自稱時，
使用**ผม** pǒm

比**ผม** pǒm與**ดิฉัน** dì-chǎn更謙虛的自謙詞是**หนู** nǒo，男性與女性皆可使用，不過男性僅止於年幼時使用，成人男性並不使用。孩童對成人，或成人遇到必須尊敬、年齡差異大的長輩表示自謙時，使用**หนู** nǒo，同時成人稱呼孩童時，也可以使用**หนู** nǒo。

สวัสดีค่ะ sà-wàt-dee kâ	你好。
ยินดีที่ได้รู้จักค่ะ yin dee têe dâai róo jàk kâ	很高興認識你。
ดิฉันชื่อซินอี๋ นามสกุลหวังค่ะ dì-chǎn chêu xin yi naam sà-gǔn wang kâ	我的名字叫欣怡，姓王。

女性自稱時，對位階高者或初次見面的人使用**ดิฉัน** dì-chǎn，對關係親近者使用**ฉัน** chǎn。**ดิฉัน** dì-chǎn的發音為一聲+四聲；**ฉัน** chǎn的發音可使用三聲、四聲。

02 使用尊稱

สวัสดี sà-wàt-dee	ครับ kráp	/ค่ะ kâ	你好。
ยินดีที่ได้รู้จัก yin dee têe dâai róo jàk	ครับ kráp	/ค่ะ kâ	很高興認識你。
ขอโทษ คุณชื่ออะไร kŏr tôht kun chêu a-rai	ครับ kráp	/คะ ká	抱歉，你叫什麼名字？
ผมชื่อเมิ่งฝาน pŏm chêu meng-fan	ครับ kráp		我的名字叫夢帆。
ดิฉันชื่อเจ๋หลิง dì-chăn chêu jei-ling	ค่ะ kâ		我的名字叫桀玲。
แล้วพบกันใหม่ láew póp gan mài	ครับ kráp	/ค่ะ kâ	下次再見。

對地位高者或業務客戶、初次見面的人，
男性必須於句尾接 ครับ kráp，
女性必須於平述句、
否定句句尾接 ค่ะ kâ，
疑問句句尾接 คะ ká，表示鄭重。

泰國的行政區劃分

在想這次旅行要去泰國～啊～光是用想的，就覺得開心～～

泰國在哪裡？在那遙～～～遠～～的俄羅斯旁邊嗎？

哎呀～～少丟臉了……泰國是位於東南亞中南半島中部的國家，於1939年將國號從暹羅更名為泰國，成為今日的泰國。

什麼？冬天衣服多帶點去就行了吧？

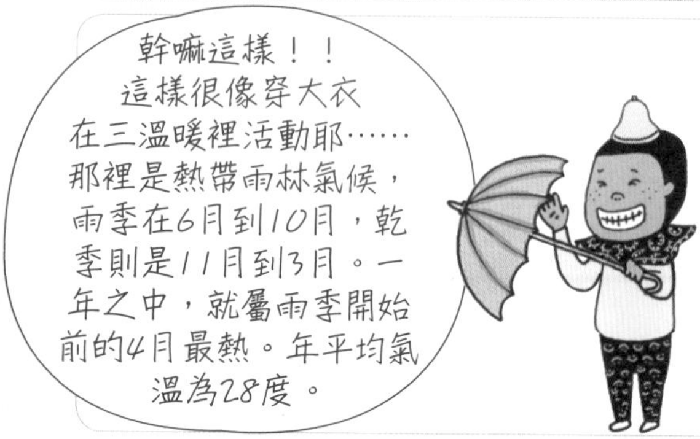

幹嘛這樣！！這樣很像穿大衣在三溫暖裡活動耶……那裡是熱帶雨林氣候，雨季在6月到10月，乾季則是11月到3月。一年之中，就屬雨季開始前的4月最熱。年平均氣溫為28度。

- ■面積：513,120平方公里
- ■人口：約七千萬人
- ■首都：曼谷
- ■語言：泰語
- ■氣候：熱帶雨林氣候
- ■宗教：佛教95%，其他5%
  包括（伊斯蘭教、基督教、天主教等）
- ■曆法：官方採用佛曆。詳情請參考136頁
- ■GDP：3,805億美元（以2014年統計為準）

我想見見這些有來頭、有骨氣的人們！

OK～你會帶我去吧？我想真正學好泰拳～

我的第一本泰語課本

泰國大致可區分為五大區域。
一起決定要前往哪裡吧～

當然是要去渡假
的地方囉～

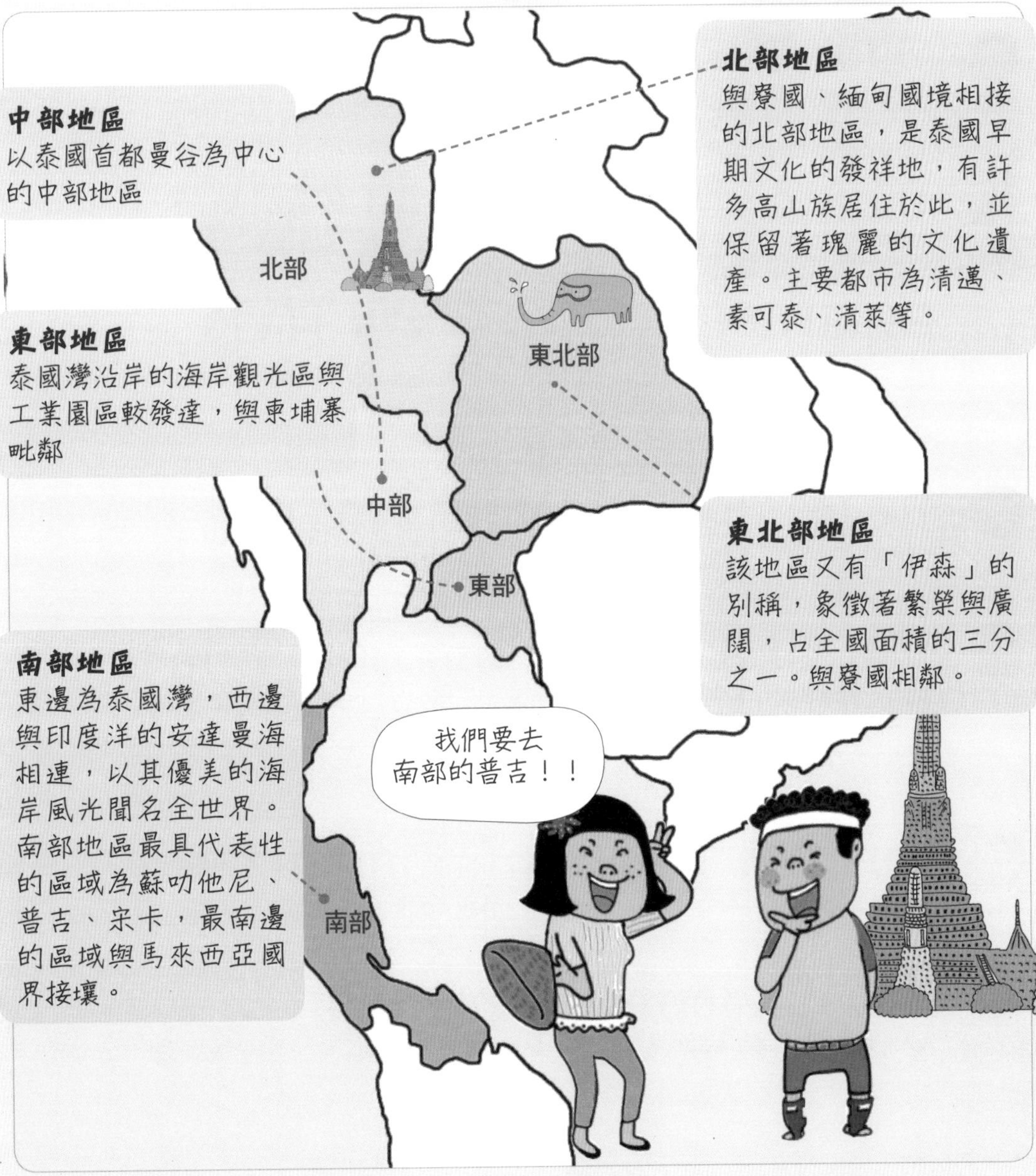

中部地區
以泰國首都曼谷為中心
的中部地區

北部地區
與寮國、緬甸國境相接
的北部地區，是泰國早
期文化的發祥地，有許
多高山族居住於此，並
保留著瑰麗的文化遺
產。主要都市為清邁、
素可泰、清萊等。

東部地區
泰國灣沿岸的海岸觀光區與
工業園區較發達，與柬埔寨
毗鄰

北部

東北部

中部

東部

東北部地區
該地區又有「伊森」的
別稱，象徵著繁榮與廣
闊，占全國面積的三分
之一。與寮國相鄰。

南部地區
東邊為泰國灣，西邊
與印度洋的安達曼海
相連，以其優美的海
岸風光聞名全世界。
南部地區最具代表性
的區域為蘇叻他尼、
普吉、宋卡，最南邊
的區域與馬來西亞國
界接壤。

南部

我們要去
南部的普吉！！

ครอบครัวของคุณมีกี่คน

你家有幾個人？

馮(ฝน)
ครอบครัวของคุณมีกี่คนคะ
krôp krua   kǒng   kun   mee gèe kon ká

駿逸(จวิ้นอี้)
ครอบครัวของผมมีสมาชิก 4 คน
krôp krua   kǒng   pǒm   mee sà-maa-chík   sèe kon

มีคุณพ่อ คุณแม่ ผม และ น้องสาว
mee kun pôr   kun mâe   pǒm   láe   nóng sǎao

馮(ฝน)
น้องสาวของคุณอายุเท่าไรคะ
nóng sǎao   kǒng   kun   aa-yú   tâo rai   ká

駿逸(จวิ้นอี้)
อายุ 20 ครับ อายุน้อยกว่าผม 5 ปีครับ
aa-yú yêe sìp   kráp   aa-yú   nói   gwàa   pǒm   hâa bpee kráp

馮(ฝน)
น้องสาวของคุณเป็นนักศึกษาหรือคะ
nóng sǎao   kǒng   kun bpen   nák sèuk-sǎa   rěu   ká

駿逸(จวิ้นอี้)
ใช่ครับ เธอเป็นนักศึกษาครับ
châi kráp   ter bpen   nák sèuk-sǎa   kráp

馮正向駿逸詢問他的家人

馮 你家有幾個人？
駿逸 我家有4個人。爸爸、媽媽、我和妹妹。

馮 你妹妹幾歲？
駿逸 20歲。比我小5歲。

馮 你的妹妹是大學生嗎？
駿逸 是的。她是大學生。

TRACK 24

單字

ครอบครัว	krôp krua	家人
คุณ	kun	你（第二人稱代名詞）；～先生／小姐（接於名字前，表示尊稱）
กี่	gee	幾
สมาชิก	sà-maa-chík	成員
แม่	máe	媽媽
และ	láe	而且、和～
เท่าไร	tâo rai	多少、幾（修飾詞）
น้อย	nói	少
ห้า	hâa	5（數字）
เป็น	bpen	是～
หรือ	rěu	～嗎？（疑問助詞）、或是、還是
เธอ	ter	她（指稱女性的代名詞）
ของ	kǒng	～的（表示所有格）
มี	mee	有、擁有、存在
คน	kon	人；～名（量詞）
พ่อ	pôr	爸爸
น้องสาว	nóng sǎao	妹妹
อายุ	aa-yú	年齡
ยี่สิบ	yêe sìp	20（數字）
กว่า	gwàa	比～
ปี	bpee	年；歲（年齡）
นักศึกษา	nák sèuk-sǎa	大學生
ใช่	châi	是、對、正確

I. ครอบครัวของคุณมีกี่คน   你家有幾個人？

1 ของ kŏng 是表示「～的」的意思。接於名詞前，亦可省略。

◢ น้องสาว + ของ + คุณมีกี่คน
　nóng săao 　　　kŏng 　　　kun mee gèe kon
　你有幾個妹妹？

◢ น้องสาว + 省略 + คุณมีกี่คน
　nóng săao 　　　　　　　kun mee gèe kon
　你有幾個妹妹？

2 มี mee 的意思是「有、擁有、存在」，為表示擁有、存在等意義的動詞。มีกี่คน mee gèe kon 是「幾人」，男性於疑問句後接尊稱語助詞 ครับ kráp，女性接 คะ ká，表示「幾人？」、「有幾人？」用於詢問對方的家庭人數或成員人數時。

มีกี่คน + ครับ　（男性）幾人？ 有幾人？
mee gèe kon 　 kráp

มีกี่คน + คะ　（女性）幾人？ 有幾人？
mee gèe kon 　 ká

◢ ครอบครัวของคุณมีกี่คน　　你家有幾個人？
　krôp krua 　　　kŏng　kun mee gèe kon

◢ น้องสาวของคุณมีกี่คนคะ　　你有幾個妹妹？
　nóng săao 　　kŏng　kun mee gèe kon ká

2. ครอบครัว   家人

表示家庭成員的單字如下，稱呼長輩時，應於名字前使用
表示尊稱的 **คุณ** kun，謙虛地稱呼才行。

TRACK 25

พ่อ pôr
爸爸

แม่ mâe
媽媽

ปู่ bpoo
爺爺

ย่า yâa
奶奶

ตา dtaa
外公

ยาย yaai
外婆

สามี săa-mee
丈夫

ภรรยา pan-rá-yaa
太太

อา aa
叔叔、姑姑

ลุง lung
伯父

ป้า bpaa
姑姑、伯母、大姨、舅媽

น้า náa
小姨、小舅舅

พี่ pêe 用於指稱哥哥、姊姊等，年紀較大的兄長或前輩時。

พี่ชาย
pêe chaai
哥哥

พี่สาว
pêe săo
姊姊

น้อง
nóng
弟、妹

น้องชาย
nóng chaai
弟弟

น้องสาว
nóng săo
妹妹

ลูก
lôok
孩子

ลูกชาย
lôok chaai
兒子

ลูกสาว
lôok săo
女兒

ลูกพี่ลูกน้อง
lôok pêe lôok nóng
堂兄弟姊妹

หลาน
lăan
孫子、孫女、姪子

TRACK 25

3. อายุเท่าไร 幾歲?

1 อายุเท่าไร aa-yú tâo rai 是詢問對方年齡的用法。

◢ พี่ชายของคุณอายุเท่าไร 你的哥哥幾歲?
　 pêe chaai kŏng　kun　aa-yú tâo rai

◢ น้องสาวของคุณอายุเท่าไร 你的妹妹幾歲?
　 nóng săao　　kŏng　kun　aa-yú tâo rai

2 可使用 **มาก**（多）、**น้อย**（少）、**เท่ากัน**（一樣）等
單字來比較年齡。

nói　　　　　　　　　　　tâo gan　　　　　　　　 mâak
น้อย 少 《 **เท่ากัน** 一樣 《 **มาก** 多

◢ **อายุ + มาก + กว่าห้าปี** 多五歲。
　 aa-yú　　mâak　　gwàa hâa bpee

◢ **อายุ + น้อย + กว่าสี่ปี** 小四歲。
　 aa-yú　　nói　　gwàa sèe bpee

◢ **อายุ + เท่ากัน** 年齡相同。
　 aa-yú　　tâo gan

๔. น้องสาวของคุณเป็นนักศึกษาหรือคะ

你的妹妹是大學生嗎？

1 เป็น bpen 是表示「是～」的be動詞，用於指稱職業、角色。

是～

◁ เป็น + นักศึกษา　　　是大學生。
bpen　　　nák sèuk-săa

　　 + นักเรียน　　　是（小學／國中／高中）學生。
　　　　　nák rian

　　 + ครู　　　是老師。
　　　　　kroo

　　 + คุณพ่อ　　　是爸爸。
　　　　　kun　pôr

　　 + คุณแม่　　　是媽媽。
　　　　　kun　mâe

　　 + น้องสาว　　　是妹妹。
　　　　　nóng săao

2 หรือ rěu 接於句尾，為表示「～嗎？」、「或是」、「還是」等意思的疑問助詞，用於疑問句或確認對方的行動、意志、情況等。หรือ rěu 的後面接上否定副詞 ไม่ mâi，即可成為用於向對方追加確認答案為肯定或否定的 หรือไม่ rěu mâi（不是嗎？、是不是？）。

動詞 + rĕu หรือ ～嗎？、或是、還是

คุณเป็นนักศึกษา + หรือ 你是大學生嗎？
kun bpen nák sèuk-săa rĕu

คุณเป็นครู + หรือ 你是老師嗎？
kun bpen kroo rĕu

คุณเป็นอาจารย์ + หรือไม่ 你是教授嗎？還是不是？
kun bpen aa-jaan rĕu mâi

คุณเป็นตำรวจ + หรือไม่ 你是警察嗎？還是不是？
kun bpen dtam-rùat rĕu mâi

3 對於對方的問題表示肯定時，使用有「是」、「對」、「正確」之意的ใช่ châi；表示否定時，使用有「不是」之意的ไม่ใช่ mâi châi。

• 肯定 châi ใช่ 是的　　• 否定 mâi châi ไม่ใช่ 不是

ใช่ เธอเป็นนักศึกษา 是的，她是大學生。
châi ter bpen nák sèuk-săa

ใช่ เขาเป็นอาจารย์ 是的，他是教授。
châi kăo bpen aa-jaan

ไม่ใช่ ผมเป็นครู 不是，我是老師。
mâi châi pŏm bpen kroo

ดิฉันไม่ใช่หมอ 我不是醫生。
dì-chăn mâi châi mŏr

在泰國暢行無阻的 會話練習

01 數字用法

TRACK 26

0	๐	ศูนย์	sŏon	7	๗	เจ็ด	jèt
1	๑	หนึ่ง	nèung	8	๘	แปด	bpàet
2	๒	สอง	sŏng	9	๙	เก้า	gâo
3	๓	สาม	săam	10	๑๐	สิบ	sìp
4	๔	สี่	sèe	11	๑๑	สิบเอ็ด	sìp èt
5	๕	ห้า	hâa	12	๑๒	สิบสอง	sìp sŏng
6	๖	หก	hòk	15	๑๕	สิบห้า	sìp hâa

20	๒๐	ยี่สิบ	yêe sìp	23	๒๓	ยี่สิบสาม	yêe sìp săam
21	๒๑	ยี่สิบเอ็ด	yêe sìp èt	27	๒๗	ยี่สิบเจ็ด	yêe sìp jèt
22	๒๒	ยี่สิบสอง	yêe sìp sŏng				

100	๑๐๐	ร้อย หนึ่งร้อย	rói nèung rói
101	๑๐๑	ร้อยเอ็ด หนึ่งร้อยเอ็ด	rói èt nèung rói èt

泰語數字混用阿拉伯數字與原有數字。其中1的情況，在10以上的數字中，1為尾數時，發音非**หนึ่ง** nèung，而是เอ็ด èt；若為2的情況，在10以上的數字中，2位於十進位數時，發音非**สอง** sŏng，而是ยี่ yêe。

125	๑๒๕	ร้อยยี่สิบห้า	rói yêe sìp hâa
		หนึ่งร้อยยี่สิบห้า	nèung rói yêe sìp hâa
239	๒๓๙	สองร้อยสามสิบเก้า	sŏng rói săam sìp gâo

1,000	千	พัน	pan	10,000,000	千萬	สิบล้าน	sìp láan
10,000	萬	หมื่น	mèun	100,000,000	億	ร้อยล้าน	rói láan
100,000	十萬	แสน	săen	1,000,000,000,000	兆	ล้านล้าน	láan láan
1,000,000	百萬	ล้าน	láan				

ผมอายุสี่สิบครับ

pŏm aa-yú sèe sìp kráp

我40歲。

อายุน้อยกว่าดิฉันยี่สิบเก้าปีค่ะ

aa-yú nói gwàa dì-chăn yêe sìp gâo bpee kâ

比我小29歲。

คุณตาอายุแปดสิบหกปี

kun dtaa aa-yú bpàet sìp hòk bpee

外公86歲。

นักศึกษามีสองหมื่นเก้าร้อยห้าสิบเอ็ดคน

nák sèuk-săa mee sŏng mèun gâo rói hâa sìp èt kon

大學生有20951人。

泰國的歷史

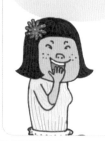

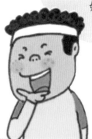

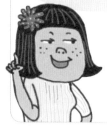

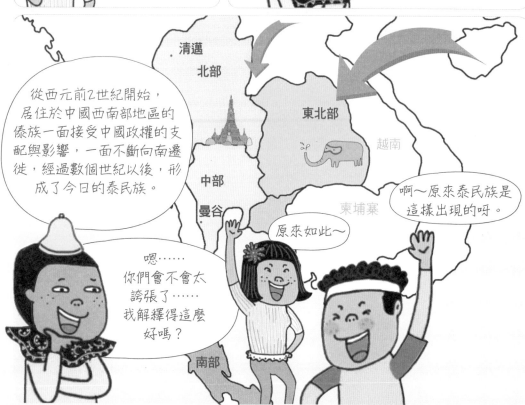

清邁
北部
東北部
越南
中部
曼谷
南部
原來如此～

อาณาจักรสุโขทัย

aa-na　　jàk　　sù-kŏh-tai

素可泰王朝
（1238～1378年）

泰國素可泰（Sukhothai）王朝是在13世紀出現的眾多小國中，國力最繁盛的國家，奠定了泰國歷史上最初獨立的泰國王朝的基礎。

蘭甘亨國王將古高棉文加以改變，創造了作為今日泰語基礎的素可泰古文字。

素可泰王朝發展至第三代國王，即蘭甘亨（Ramkhamhaeng）國王在位的1277～1317年間，國力最為鼎盛。

蘭甘亨國王死後，素可泰王朝開始衰敗，直到1378年被阿育陀耶王朝消滅。

原來這位蘭甘亨國王，是一位這麼偉大的國王呀～

記載著今日泰國文字創制原型的〈蘭甘亨碑銘〉

อาณาจักรอยุธยา
aa-na　jàk　a-yút-tá-yaa

阿育陀耶王朝
（1350～1767年）

1350年，阿育陀耶王朝在昭披耶河（即湄南河）下游的洛汶里河地區成立。在阿育陀耶王朝時期，泰國信奉佛教，並頒布相關法典，而王室用語與禮節規範等，也多從高棉引進並採用。

這個時期有許多文化得到系統地整理～

阿育陀耶王朝於14世紀末降服包含素可泰王朝在內的周邊國家，奠定王朝發展的基礎，甚至一度擴張統治區域至馬來半島與孟加拉灣。

16世紀中葉，緬甸經過長久的戰爭，征服了阿育陀耶王朝，然而納瑞宣國王（在位1590～1605年）積極擺脫緬甸的統治，最終重建阿育陀耶王朝。之後，緬甸又再次發動攻擊，於1767年消滅了阿育陀耶王朝。

อาณาจักรธนบุรี
aa-naa　jàk　ton-bù-ree

吞武里王朝
（1767～1782）

曾任阿育陀耶王朝地方官的披耶達信（即鄭信），在昭披耶河下游西岸吞武里地區建立吞武里王朝，藉以對抗緬甸軍，並收復阿育陀耶王朝過去的領土。最後，泰王朝再次統一，取回北部清邁地區，奠定泰國王朝的根基。

ราชวงศ์จักรี

râat-chá-wong jàk-gree

恰克里王朝（1782～）

1782年，曾任吞武里王朝達信將軍部下將領的恰克里被擁戴拉瑪Rama一世，開啟以曼谷為首都的恰克里王朝時代。

拉瑪四世（在位1851～1868年）時，與英國簽訂被稱為鮑林條約（Bowring Treaty）的友好通商條約。這是泰國首次與外國簽訂的條約，也是一個不平等條約，在1856年批准該條約時，泰國第一次使用暹羅（Siam）此一國號。之後，拉瑪四世與西方列強締結友好通商條約，推動國內政治、經濟的改革。

繼位為拉瑪五世的朱拉隆恭國王（在位1868～1910年），大舉實施改革政治，如推動現代化的改革政策、創辦學校以培育人才、引進新的內閣制度、佛教改革、寺廟教育功能強化等。此外，也與英國、法國提出共同宣言，將泰國劃入中立地帶。

在拉瑪六世（在位1910～1925年）時代，泰國民族主義逐漸抬頭。此一時期的泰國也作為聯軍的一員，參與第一次世界大戰，並持續推動現代化的改革。

拉瑪七世（在位1925～1935）在位的1932年，發生以青年軍官、官員為首的軍事政變（即立憲革命），從而引進君主立憲制。

前國王為拉瑪九世，蒲美蓬國王於1946年即位，並於2016年迎接即位70周年誌慶，備受泰國人民的敬重，卻也於2016年10月駕崩。而後，王儲瓦吉拉隆功於同年12月登基為拉瑪十世。

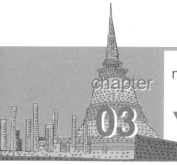

chapter 03

ngaan a-dì-ràyk kǒng kun keu a-rai

งานอดิเรกของคุณคืออะไร

你的興趣是什麼？

TRACK 27

駿逸(จวิ้นอี้) งานอดิเรกของคุณคืออะไรครับ
ngaan a-dì-ràyk kǒng kun keu a-rai kráp

馮(ฝน) งานอดิเรกของดิฉันคืออ่านหนังสือค่ะ
ngaan a-dì-ràyk kǒng dì-chǎn keu àan nǎng-sěu kâ

馮(ฝน) แล้วคุณล่ะคะ
láew kun lâ ká

駿逸(จวิ้นอี้) เล่นกีฬาครับ ผมชอบเล่นกีฬามากครับ
lên gee-laa kráp pǒm chôp lên gee-laa mâak kráp

馮(ฝน) คุณชอบเล่นกีฬาอะไรมากที่สุดคะ
kun chôp lên gee-laa a-rai mâak têe sùt ká

駿逸(จวิ้นอี้) ผมชอบเล่นฟุตบอลมากที่สุดครับ
pǒm chôp lên fút bon mâak têe sùt kráp

駿逸與馮正詢問彼此的興趣是什麼？

| 駿逸 | 你的興趣是什麼？ |
| 馮 | 我的興趣是閱讀。 |

| 馮 | 那你呢？（你的興趣是什麼？） |
| 駿逸 | 是運動。我非常喜歡運動。 |

| 馮 | 你最喜歡哪一種運動？ |
| 駿逸 | 我最喜歡踢足球。 |

單字

งานอดิเรก	ngaan a-dì-ràyk	興趣
คือ	keu	是～；即（連接詞）
อ่าน	àan	讀
หนังสือ	năng-sĕu	書籍
ละ	lâ	語助詞，接於疑問句、命令句、勸誘句句尾。
เล่น	lên	玩、從事（運動）、踢（球）、演奏（樂器）
กีฬา	gee-laa	運動 （單字內第二個子音 ร、ล、ฬ，除了作為第一個子音的尾音外，也是第二個單字的初聲子音。）
ชอบ	chôp	喜歡
มาก	mâak	多、非常、極其
ที่สุด	têe sùt	最、多
ฟุตบอล	fút bon	足球

1. งานอดิเรกของคุณคืออะไร

你的興趣是什麼？

คือ keu 是表示「是～」的動詞，具有說明主語為何的敘述語功能。

主語 + คือ keu 是～

◁ งานอดิเรกของดิฉัน + คือ + อ่านหนังสือ
ngaan a-dì-ràyk kŏng dì-chăn   keu   àan năng-sĕu
我的興趣是閱讀。

◁ นี่ + คือ + อะไร   這是什麼？
nêe   keu   a-rai

∟ นั่น + คือ + กระเป๋า   那是包包。
nân   keu   grà bpăo

TRACK 29

指示代名詞		
นี่ 這個 nêe	นั่น 那個 nân	โน่น 那個（遠處） nôhn
指示形容詞		
นี้ 這 née	นั้น 那 nán	โน้น 那（遠處） nóhn

2. แล้วคุณล่ะ

那你呢？

（回答對方的問題後，向對方提出相同問題時）

1 ล่ะ lâ 是接於疑問句、命令句、勸誘句句尾的語助詞。

疑問句、命令句、勸誘句 **+** ล่ะ lâ 語助詞

◢ อย่าลืมผมล่ะ
yàa　leum pǒm lâ

別忘了我。

◢ ทำไมล่ะ
tam-mai　lâ

為什麼？

◢ อร่อยไหมล่ะ
a-ròi　　mǎi lâ

好吃嗎？

2 แล้วคุณล่ะ láew kun lâ 是回答對方的問題後，向對方提出相同問題時的用法，有「那你呢？」、「你又是怎麼樣的呢？」的意思。

◢ คุณสบายดีหรือคะ
kun　sà-baai　dee rěu　ká

你最近過得好嗎？

◣ ผมสบายดีครับ ขอบคุณครับ แล้วคุณล่ะครับ
pǒm sà-baai　dee kráp　kòp　kun　kráp　láew　kun　lâ　kráp
我過得很好，謝謝。那你呢？

3. มากที่สุด

最〜（表示最高級時）

มากที่สุด mâak têe sùt 的意思是「最〜」，用於表示最高級時。

- 最高級

mâak têe sùt
มากที่สุด

最〜

◁ ผมชอบเล่นไวโอลินมากที่สุด
　 pŏm chôp lên wai-oh-lin mâak têe sùt

我最喜歡拉小提琴。

◁ ดิฉันชอบเล่นสกีมากที่สุด
　 dì-chăn chôp lên sà-gee mâak têe sùt

我最喜歡滑雪。

◁ คนที่อายุมากที่สุดในโลก
　 kon têe aa-yú mâak têe sùt nai lôhk

世界上最年長的人。

ดิฉันชอบเล่นสกีมากที่สุด
dì-chăn chôp lên sà-gee mâak têe sùt
我最喜歡滑雪。

01 運動

lên
เล่น

\+ 名詞

運動、踢球　　運動名稱

dtee
ตี

\+ 名詞

打、踢　　運動名稱

主要以 **เล่น** lên（運動、踢球）＋ 名詞（運動名稱），或 **ตี** dtee（打、踢）＋名詞（運動名稱）的用法，表達從事某項作為興趣的運動。

棒球等運動的泰語發音雖標記如下，不過發音其實多與英語相似。若是從英語來的單字，即使單字最後的發音是平聲，通常仍發為二聲。

◢ **เล่นฟุตบอล**
lên　fút bon
踢足球

◢ **เล่นเบสบอล**
lên　bàyt-sà bon
打棒球

◢ **เล่นบาสเกตบอล**
lên　bâat-sà-gèt-bon
打籃球

◢ **เล่นวอลเลย์บอล**
lên　won-lây bon
打排球

◢ **เล่นโบว์ลิ่ง**
lên　boh-lîng
打保齡球

◢ **เล่นสกี**
lên sà-gee
滑雪

◄ **เล่นสโนว์บอร์ด**
lên   sà-nŏh bòt
滑雪地滑板

◄ **เล่นมวยไทย**
lên   muay tai
打泰拳

◄ **เล่นแบดมินตัน**
lên   bàet-min-dtân
打羽毛球

◄ **ตีกอล์ฟ**
dtee góf
打高爾夫球

◄ **ตีปิงปอง**
dtee bping bpong
打桌球

◄ **ตีสควอช**
dtee sà-kwòt
打壁球

◄ **เล่นเทนนิส , ตีเทนนิส**
lên   ten-nít   dtee ten-nít
打網球

◄ **ว่ายน้ำ**
wâai náam
游泳

02 演奏樂器

lên
เล่น ＋ 名詞

演奏（樂器）、玩

「**เล่น** lên ＋ **興趣**」可用於表示演奏（樂器）、玩等意思。
因此，除了演奏樂器外，也可以使用於玩電腦遊戲、
上網等情況。

◄ **เล่นกีต้าร์**　彈吉他
　lên　gee-dtâa

◄ **เล่นเชลโล**　　拉大提琴
　lên　chayn-loh

◄ **เล่นเปียโน**　彈鋼琴
　lên　bpia noh

◄ **เล่นไวโอลิน**　拉小提琴
　lên　wai-oh-lin

◄ **เล่นเกม**　　玩遊戲
　lên　gaym

◄ **เล่นไลน์**　　玩LINE
　lên　laai

◄ **เล่นเฟสบุ๊ค**　玩臉書
　lên　fâyt búk

◄ **เล่นคอมพิวเตอร์**　打電腦
　lên　kom-piw-dtêr

TRACK 32

◁ ฟังเพลง　　　聽音樂
　fang playng

◁ ดูหนัง　　　看電影
　doo năng

◁ ถ่ายรูป　　　拍照
　tàai　rôop

◁ อ่านหนังสือ　閱讀
　àan năng-sĕu

◁ ท่องเที่ยว　　旅行
　tông tîeow

◁ ทำอาหาร　　料理
　tam aa-hăan

◁ สะสมแสตมป์　集郵
　sà-sŏm　sà-dtaem

◁ ไปชมเบสบอล , ไปดูเบสบอล　　　觀賞棒球比賽
　bpai chom bàyt bon　bpai doo bàyt bon

04 關於休閒的詢問與回答

TRACK 33

ngaan a-dì-ràyk kŏng pŏm(dì-chăn)keu
งานอดิเรกของผม(ดิฉัน)คือ ＋ 興趣　我的興趣是～。

pŏm(dì-chăn)chôp
ผม(ดิฉัน)ชอบ ＋ 興趣　我喜歡～。

งานอดิเรกของคุณคืออะไรครับ
ngaan a-dì-ràyk kŏng kun keu a-rai kráp
你的興趣是什麼？

งานอดิเรกของดิฉันคือทำอาหารค่ะ แล้วคุณล่ะคะ
ngaan a-dì-ràyk kŏng dì-chăn keu tam aa-hăan kâ láew kun lâ ká
我的興趣是料理。那你呢？

陳述自己的興趣時，使用
「**งานอดิเรกของผม(ดิฉัน)คือ**
ngaan a-dì-ràyk kŏng pŏm(dì-chăn)keu
＋ **興趣**」（我的興趣是～）的方式表達

ผมชอบเล่นโบว์ลิ่งครับ
pŏm chôp lên boh-lîng kráp
我喜歡打保齡球。

也可以使用表示「喜歡」的**ชอบ** chôp，以
「**ผม(ดิฉัน)ชอบ ＋ 興趣**」的方式表達。
pŏm(dì-chăn)chôp

pŏm (dì-chăn) bpen kon dtâi-wăn kráp (kâ)

ผม(ดิฉัน)เป็นคนไต้หวันครับ(ค่ะ)

我是台灣人

TRACK 34

馮(ฝน)

คุณเป็นคนญี่ปุ่นหรือคะ
kun bpen kon yêe-bpùn rĕu ká

駿逸(จวิ้นอี้)

ไม่ใช่ครับ ผมเป็นคนไต้หวันครับ
mâi châi kráp pŏm bpen kon dtâi-wăn kráp

คุณมาจากไหนครับ
kun maa jàak năi kráp

馮(ฝน)

ดิฉันมาจากประเทศไทยค่ะ
dì-chăn maa jàak bprà-tâyt tai kâ

駿逸(จวิ้นอี้)

คุณเป็นคนไทยหรือครับ
kun bpen kon tai rĕu kráp

ผมพูดภาษาไทยได้ครับ
pŏm pôot paa-săa tai dâai kráp

馮(ฝน)

จริงเหรอคะ ดิฉันพูดภาษาจีนไม่ได้ค่ะ
jing rĕr ká dì-chăn pôot paa-săa jeen mâi dâai kâ

馮與駿逸正與對方談論國籍與外語使用能力。

馮 　你是日本人嗎？
駿逸 　不是，我是台灣人。
　　　你從哪裡來的？

馮 　我來自泰國。
駿逸 　你是泰國人嗎？
　　　我會說泰語。

馮 　真的嗎？我不會說中文。

單字

▪ คน	kon	人（接於國籍前，表示該國人）例 คนไต้หวัน kon dtâi-wǎn 台灣人

▪ ญี่ปุ่น	yêe-bpùn	日本	▪ ไต้หวัน	dtâi-wǎn	台灣
▪ มา	maa	來	▪ จาก	jàak	從～
▪ ไหน	nǎi	哪裡、哪個	▪ ไทย	tai	泰國
▪ ประเทศ	bprà-tâyt	國家	▪ ภาษา	paa-sǎa	語言
▪ พูด	pôot	說	▪ ได้	dâai	能、會（表示過去或能力的助動詞）
▪ ไม่ได้	mâi dâai	沒辦法、不會	▪ จริง	jing	真的、事實、確實
▪ จีน	jeen	中國			

 I. ผม(ดิฉัน)เป็นคนไต้หวัน 我是台灣人。

1 利用「**เป็น** bpen ＋ **คน** kon ＋ **國家名稱／都市**」的用法，可就國籍及出身城市向對方詢問或回答對方。

• 國籍或出身城市的表達方式

 ＋國家名稱／都市

◢ **ผมเป็นคนเกาหลี** 我是韓國人。
　 pǒm bpen　kon　gao-lěe

◢ **ดิฉันเป็นคนเยอรมัน** 我是德國人。
　 dì-chǎn bpen　kon　yer-rá-man

◢ **เขาเป็นคนเวียดนาม** 他是越南人。
　 kǎo　bpen　kon　wîat-naam

◢ **ครูเป็นคนอเมริกัน** 老師是美國人。
　 kroo bpen　kon　a-may-rí-gan

◢ **คุณเป็นคนเชียงใหม่หรือ** 你是清邁人嗎？
　 kun　bpen　kon　chiang-mài rěu

2 指稱某一語言時，使用「**ภาษา** paa-săa ＋國家名稱」；指稱某個國家時，使用「**ประเทศ** bprà-tâyt ＋國家名稱」。

● 指稱某一語言時

 ＋國家名稱

● 指稱某個國家時

 ＋國家名稱

TRACK 36

ภาษาจีน paa-săa jeen 中文 	ภาษาไทย paa-săa tai 泰語 	ภาษาอังกฤษ paa-săa ang-grìt 英語 
ประเทศไต้หวัน bprà-tâyt dtâi-wăn 台灣 	ประเทศไทย bprà-tâyt tai 泰國 	สหรัฐอเมริกา sà-hà-rát a-may-rí-gaa 美國 

＊編註：美國應為「合眾國」所以國家的表示法跟在此介紹的不一樣。

2. คุณมาจากไหน

你從哪裡來？

ไหน nǎi 是表示「哪裡、哪個」的修飾語，可使用於各種表示疑問的句型。มาจากไหน maa jàak nǎi 的意思是「從哪裡來？」，不僅可用於詢問對方的國籍或出身城市，也可以用於詢問事物的來源。

◀ **คุณมาจากไหนครับ**
　　kun　maa jàak　nǎi　kráp

你從哪裡來？

└ **ผมมาจากไทเปครับ**
　　pǒm　maa jàak　tai-bpay kráp

我來自台北。

└ **ดิฉันมาจากประเทศลาวค่ะ**
　dì-chǎn　maa jàak　bprà-tâyt　laao　kâ

我來自寮國。

◀ **รถไฟฟ้ามาจากไหน**
　rót fai-fáa　maa jàak　nǎi

捷運從哪裡來？

◀ **คลื่นมาจากไหน**
　klêun　maa jàak　nǎi

海浪從哪裡來？

3. พูดภาษาไทยได้　　　　　　　　　　　　　　會說泰語。

ได้ dâai 是表示過去或可能的助動詞。表示否定時，前接 ไม่ mâi，變成否定型 ไม่ได้ mâi dâai 即可。

- 能力

動詞 + ได้ dâai

動詞 + 名詞 + ได้ dâai

能夠～

◢ ผมพูดภาษาไต้หวันได้　　　　我會說台語。
　pŏm pôot paa-săa dtâi-wăn dâai

◢ ดิฉันพูดภาษาไทยไม่ได้　　　　我不會說泰語。
　dì-chăn pôot paa-săa tai mâi dâai

◢ เขาทำอาหารไทยได้　　　　他會作泰國料理。
　kăo tam aa-hăan tai dâai

- 過去　　　　　　　　　　　　　- 過去否定

ได้ dâai + 動詞 做了～　　　　ไม่ได้ mâi dâai + 動詞 沒做～

◢ คุณพ่อได้พบอาจารย์　　　　爸爸見了教授。
　kun-pôr dâai póp aa-jaan

◢ ผมไม่ได้ไปประเทศรัสเซีย　　我沒去俄羅斯。
　pŏm mâi dâai bpai bprà-tâyt rát-sia

01 詢問國家名稱

TRACK 37

1. ประเทศอังกฤษ
bprà-tâyt ang-grìt
英國

2. ประเทศรัสเซีย
bprà-tâyt rát-sia
俄羅斯

3. ประเทศฝรั่งเศส
bprà-tâyt fà-ràng-sàyt
法國

4. ประเทศเยอรมัน
bprà-tâyt yer-rá-man
德國

5. ประเทศสเปน
bprà-tâyt sà-bpayn
西班牙

6. ประเทศอิตาลี
bprà-tâyt i-dtaa-lee
義大利

7. ประเทศไทย, เมืองไทย
bprà-tâyt tai meuang tai
泰國

8. ประเทศเวียดนาม
bprà-tâyt wîat-naam
越南

9. ประเทศลาว
bprà-tâyt laao
寮國

10. ประเทศสิงคโปร์
bprà-tâyt sǐng-ká-bpoh
新加坡

11. ประเทศฟิลิปปินส์
bprà-tâyt fí-líp-bpin
菲律賓

12. ประเทศอินโดนีเซีย
bprà-tâyt in-doh-nee-sia
印尼

13. ประเทศมาเลเซีย
bprà-tâyt maa-lay-sia
馬來西亞

⑭ ประเทศเกาหลี
bprà-tâyt gao-lěe
韓國

⑮ ประเทศเกาหลีเหนือ
bprà-tâyt gao-lěe něua
北韓

⑯ ประเทศไต้หวัน
bprà-tâyt dtâi-wăn
台灣

⑰ ประเทศญี่ปุ่น
bprà-tâyt yêe-bpùn
日本

⑱ ประเทศจีน, เมืองจีน
bprà-tâyt jeen meuang jeen
中國

⑲ ประเทศพม่า
bprà-tâyt pá-mâa
緬甸

⑳ สหรัฐอเมริกา
sà-hà-rát a-may-rí-gaa
美國

㉑ ประเทศออสเตรเลีย
bprà-tâyt òt-sa-dtray-lia
澳洲

㉒ ประเทศนิวซีแลนด์
bprà-tâyt niw-see laen
紐西蘭

㉓ ประเทศบราซิล
bprà-tâyt braa-sin
巴西

㉔ ประเทศอินเดีย
bprà-tâyt in-dia
印度

㉕ ประเทศบังกลาเทศ
bprà-tâyt bang-glaa-tâyt
孟加拉

㉖ ประเทศบรูไน
bprà-tâyt broo-nai
汶萊

㉗ ประเทศกัมพูชา
bprà-tâyt gam-poo-chaa
柬埔寨

騎自行車環遊世界，
是我畢生的願望～

TRACK 38

主語 + maa jàak **มาจาก** + 國家名稱／都市　　從～來；來自

主語 + bpen **เป็น** + kon **คน** + 國家名稱／都市　～人

ผมมาจากไต้หวันครับ
pǒm maa jàak　dtâi-wǎn　kráp

我來自台灣。

ดิฉันเป็นคนไต้หวันค่ะ
dì-chǎn bpen　kon　dtâi-wǎn　kâ

我是台灣人。

คุณมาจากไหนคะ
kun maa jàak nǎi　ká
你從哪裡來？

ดิฉันเป็นคนไต้หวันค่ะ
dì-chǎn bpen kon　dtâi-wǎn　kâ
我來自台灣。

ผมมาจากไต้หวันครับ
pǒm maa jàak dtâi-wǎn　kráp
我來自台灣。

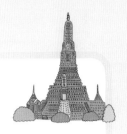

คุณเป็นคนไทยหรือคะ
kun bpen kon tai rěu ká
你是泰國人嗎？

ไม่ใช่ครับ ผมเป็นคนไต้หวันครับ คุณมาจากไหนครับ
mâi châi kráp pǒm bpen kon dtâi-wăn kráp kun maa jàak năi kráp
不是。我是台灣人。你從哪裡來？

ดิฉันมาจากประเทศเวียดนามค่ะ
dì-chăn maa jàak bprà-tâyt wîat-naam kâ
我來自越南。

「主語 ＋ **มาจาก** maa jàak ＋ 地名」的用法，
不僅可以表示自己的國籍，也可用於自己出身的都市。
例如**ดิฉันมาจากเกาสง** dì-chăn maa jàak gao xiong 這一句，
可以用於表示「我來自高雄」。

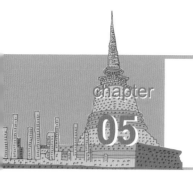

pŏm (dì-chăn) rian paa-săa tai

ผม(ดิฉัน)เรียนภาษาไทย

我學習泰語

TRACK 39

馮(ฝน) คุณพูดภาษาไทยเก่งมากค่ะ
kun pôot paa-săa tai gèng mâak kâ

駿逸(จวิ้นอี้) ขอบคุณครับ ผมเรียนภาษาไทยครับ
kòp kun kráp pŏm rian paa-săa tai kráp

馮(ฝน) คุณเรียนภาษาไทยที่ไหนคะ
kun rian paa-săa tai têe năi ká

駿逸(จวิ้นอี้) ผมเรียนภาษาไทยที่มหาวิทยาลัยครับ
pŏm rian paa-săa tai têe má-hăa wít-tá-yaa-lai kráp

馮(ฝน) ทำไมคุณถึงเรียนภาษาไทยคะ
tam-mai kun tĕung rian paa-săa tai ká

駿逸(จวิ้นอี้) ผมเรียนภาษาไทย
pŏm rian paa-săa tai

เพราะผมอยากไปเที่ยวประเทศไทยครับ
prór pŏm yàak bpai tîeow bprà-tâyt tai kráp

馮正向駿逸詢問學習泰語的地方與學習泰語的原因。

馮　　你的泰語說得很好。
駿逸　謝謝。我學習泰語。

馮　　你在哪裡學泰語？
駿逸　我在大學學習泰語。

馮　　你為什麼學習泰語？
駿逸　我學習泰語是因為我想去泰國玩。

TRACK 40

單字

泰語	拼音	中文
พูด	pôot	說、對話
เก่ง	gèng	厲害、精通
ที่	têe	在～（表場所的表前置詞）；地方、場所（名詞）；～的（關係代名詞）；因為～（關係副詞）
ที่ไหน	têe năi	哪裡、哪一處
ทำไม	tam-mai	為什麼
เพราะ	prór	因為～；（聲音）美妙、好聽
ไป	bpai	去
ไปเที่ยว	bpai tîeow	去玩

泰語	拼音	中文
ภาษาไทย	paa-săa tai	泰語
เรียน	rian	學習
มหาวิทยาลัย	má-hăa wít-tá-yaa-lai	大學
ถึง	tĕung	達到～、到達、抵達
อยาก	yàak	希望、想～
เที่ยว	tîeow	去旅行、順道去玩、四處遊玩
ประเทศไทย	bprà-tâyt tai	泰國

۱. คุณพูดภาษาไทยเก่งมาก

你的泰語說得很好。

เก่ง gèng 的意思是「厲害、精通」，用於稱讚對方的能力時。

◁ เก่ง , เก่งมาก 　　　　太棒了；做得真好；好厲害。
　 gèng　　gèng mâak

◁ คนนั้นทำงานเก่ง 　　　那個人工作表現好。
　 kon　nán　tam ngaan gèng

◁ น้องสาวผมเรียนเก่งครับ 　我妹妹很會念書。
　 nóng săao　pŏm rian　gèng kráp

◁ คุณแม่ดิฉันทำอาหารไทยเก่งค่ะ
　 kun　mâe dì-chăn tam aa hăan　tai　gèng kâ
　 我媽媽很會煮泰國料理。

ᒿ. ผมเรียนภาษาไทยที่มหาวิทยาลัยครับ

我在大學裡學習泰語。

1 ที่ têe 是用於表示場所的前置詞。

• 用於表示場所
　的前置詞

têe
ที่

在～

◢ ผมเรียนที่โรงเรียนครับ
　pǒm rian　　têe rohng rian　　kráp
我在學校裡學習。

◢ ดิฉันอยากไปเรียนที่ไทยค่ะ
　dì-chăn　yàak　　bpai rian　têe tai　　kâ
我想去泰國讀書。

◢ น้องชายเรียนวรรณคดีสเปนที่มหาวิทยาลัย
　nóng chaai　rian　　wan-ná-ká-dee sà-bpayn têe má-hǎa wít-tá-yaa-lai
弟弟在大學裡學習西班牙文學。

2 ที่ têe 也可作為關係代名詞，表示「～的」的意思，或是作為原因的關係副詞，表示「因為～」等的意思。

- 關係代名詞　　　（ têe
- 關係副詞、原因　　 ที่ ）　　～的
　　　　　　　　　　　　　　　因為～

◢ ภาษาที่เรียนง่าย
　paa-sǎa têe rian　　ngâai
容易學習的語言

◢ ผู้หญิงที่สวย
　pôo yǐng　têe sǔay
美麗的女子

◢ อาหารที่อร่อย
　aa hǎan　　têe a-ròi
美味的食物

◢ ขอบคุณที่มา
　kòp kun　　têe maa
感謝（因為）你來。

◢ ยินดีที่ได้รู้จัก
　yin dee　têe dâai róo jàk
很高興（因為）認識你。

3. ทำไมคุณถึงเรียนภาษาไทย

你為什麼學習泰語？

向對方詢問某件事的原因、理由時，可使用表示「為什麼、怎麼」的 **ทำไม** tam-mai 詢問。回應對方時，則使用表示「因為～」的 **เพราะ** prór 回答。

◁ **ทำไมคุณถึงเรียนภาษาเกาหลี**
tam-mai kun tĕung rian   paa-săa gao-lĕe
你為什麼學習韓語？

⌐ **เพราะผมชอบดาราเกาหลี**
prór   pŏm chôp   daa-raa gao-lĕe
因為我喜歡韓國藝人。

- -

▪ ดารา	daa-raa	藝人
▪ นักร้อง	nák róng	歌手
▪ นักแสดง	nák sà-daeng	演員

◁ **ทำไมคุณถึงเรียนภาษาไทย**
tam-mai kun tĕung rian   paa-săa   tai
你為什麼學習泰語？

⌐ **เพราะแฟนของผมเป็นคนไทย**
prór   faen   kŏng pŏm bpen kon tai
因為我的戀人是泰國人。

4. เพราะผมอยากไปเที่ยวประเทศไทย

我學習泰語是因為我想去泰國玩。

回答對方的問題時，使用表示「因為～」的單字**เพราะ** prór，向對方說明理由或原因。

prór **เพราะ**	因為～

ผมไปร้านอาหาร เพราะผมหิวมาก
pŏm bpai ráan aa-hăan prór pŏm hĭw mâak
我去餐廳是因為我很餓。

ผมไปห้องสมุด เพราะเพื่อนรอที่นั่น
pŏm bpai hông sà-mùt prór pêuan ror têe nân
我去圖書館是因為朋友在那裡等著。

เพราะผมคิดถึงคุณ
prór pŏm kít tĕung kun
因為我想你。
มาทำไม
maa tam-mai
為什麼來找我？

01　學習～

TRACK 41

คุณเล่นเปียโนเก่งมากครับ
kun　lên　bpia noh　gèng mâak kráp
你鋼琴彈得很好。

ขอบคุณค่ะ
kòp　kun　kâ

ดิฉันเรียนเปียโนที่มหาวิทยาลัยค่ะ คุณเรียนอะไรคะ
dì-chăn rian　bpia noh　têe má-hăa wít-tá-yaa-lai kâ　kun　rian　a-rai　ká
謝謝。我在大學學習鋼琴。你學的是什麼？

ผมเรียนภาษาอังกฤษและภาษาจีนที่มหาวิทยาลัยครับ
pŏm rian　paa-săa ang-grìt　láe　paa-săa jeen têe má-hăa wít-tá-yaa kráp
我在大學學習英語和中文。

TRACK 42

02　疑問句與回答

ทำไมคุณถึงเรียนภาษาเกาหลีครับ
tam-mai kun tĕung rian　paa-săa gao-lĕe　kráp
你為什麼學習韓語？

> 向對方詢問某件事的原因、
> 理由時，可使用表示「為什麼、怎麼」
> 的 ทำไม tam-mai 詢問。

ดิฉันเรียนภาษาเกาหลี
dì-chăn rian　　paa-săa gao-lĕe

เพราะอยากไปเที่ยวประเทศเกาหลีค่ะ
prór　　yàak　　bpai tîeow bprà-tâyt　　gao-lĕe　kâ
我學習韓語是因為我想去韓國玩。

> 回應對方時，使用表示「因為～」
> 的 เพราะ prór 回答。

泰國的國王與佛教

我什麼時候
要去見王子啊～～～～
Oh ho ho ho！

你侮辱了國王！
在泰國旅遊時，絕對要
避免用手指著國王的照
片或褻瀆國王的行為。

蒲美蓬國王

泰國於1932年引進君主立憲制，國王成為
泰國的國家元首，也是國家軍隊的最高統
帥。前任泰國的國王，是恰克里（chakri）
王朝的第九世王，也就是拉瑪九世的蒲美
蓬國王。1946年即位至2016年駕崩，為泰
國歷史上在位最久的蒲美蓬國王，受到了
所有泰國民眾的景仰與支持。

為紀念1782年4月6日恰克里王朝成立，
每年的4月6日被制訂為恰克里日，以慶祝恰克里
王朝的建立；而詩麗吉皇后的生日8月12日被制
訂為母親節，蒲美蓬國王的生日12月5日被制訂
為父親節，以上節日皆被指定為國定假日。

其實我也很開心～

咦……這是怎麼一回事？
幹嘛剃光頭？被甩了嗎？

南無阿彌陀佛～

泰國的國教為上座部佛教，亦即南傳佛教，95%的人民皆為佛教徒，可見泰國人對佛教的虔誠篤信。在平時或生日、佛教節日等日子，上寺廟拜佛或將食物獻給和尚做功德，已成為日常生活的一部分。而男性成人後，必須剃度出家，在寺廟度過一段修行的生活，由此看來，佛教與泰國人全面的生活有著密不可分的關係。

泰國像今日這樣受到佛教極大的影響，可以追溯至全面信奉佛教的阿育陀耶王朝。

除佛教以外，與馬來西亞相鄰的南部地區，還有不少的伊斯蘭教、印度教徒。基督教徒、天主教徒也共同並存。

從什麼時候開始有這種事啊？

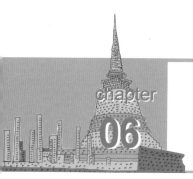

kun tam ngaan a-rai

คุณทำงานอะไร

你做什麼工作？

TRACK 43

馮(ฝน) **ไปไหนคะ**
bpai nǎi ká

兜(ต่อ) **ไปทำงานครับ**
bpai tam ngaan kráp

馮(ฝน) **คุณทำงานที่ไหนคะ**
kun tam ngaan têe nǎi ká

兜(ต่อ) **ผมทำงานที่พิพิธภัณฑ์ครับ**
pǒm tam ngaan têe pí-pít-ta-pan kráp

คุณฝนทำงานอะไรครับ
kun fǒn tam ngaan a-rai kráp

馮(ฝน) **ดิฉันเป็นตำรวจค่ะ**
dì-chǎn bpen dtam-rùat kâ

馮與兜正詢問彼此的職業。

馮　　去哪裡？

兜　　我去工作。

馮　　你在哪裡工作？

兜　　我在博物館工作。
　　　馮小姐做什麼工作？

馮　　我是警察。

單字

ทำงาน	tam ngaan	工作		อะไร	a-rai	什麼、哪（個）
ไป	bpai	去		ไหน	năi	在哪裡、哪
ที่	têe	在～（表場所的表前置詞）；地方、場所（名詞）；～的（關係代名詞）；因為～（關係副詞）				
ที่ไหน	têe năi	哪裡、哪一處		พิพิธภัณฑ์	pí-pít-ta-pan	博物館
ตำรวจ	dtam-rùat	警察				

ı. ไปไหน   去哪裡？

ไหน năi 是表示「在哪裡、哪」的修飾詞，可與副詞、名詞、動詞等結合，使用於各種疑問句句型。

副詞、名詞、動詞等　＋　ไหน năi　在哪裡、哪

TRACK 45

ไหน 的用法

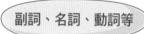

ที่ไหน têe năi 在哪裡	ตรงไหน dtrong năi 在哪裡	อยู่ไหน yòo năi อยู่ที่ไหน yòo têe năi 在哪裡
แค่ไหน kâe năi 何種程度、多少	อันไหน an năi 哪一個	วันไหน wan năi 哪一天
	ทางไหน taang năi 哪個方向	แบบไหน bàep năi 哪一種

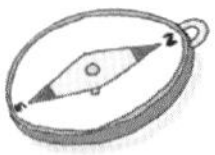

2. คุณทำงานที่ไหน 你在哪裡工作？

此一詢問對方職業的用法，可以應用為以下兩種用法。

- 利用詢問場所或位置的 **ที่ไหน** 詢問職業

主語 ＋ ทำงาน (tam ngaan) ＋ ที่ไหน (têe năi) 在哪裡工作？

- 利用表示「什麼」的 **อะไร** 詢問職業

主語 ＋ ทำงาน (tam ngaan) ＋ อะไร (a-rai) 做什麼工作？

คุณทำงานที่ไหนคะ 你在哪裡工作？
kun tam ngaan têe năi ká

ผมทำงานที่สถานทูตเบลีซครับ
pŏm tam ngaan têe sà-tăan tôot bay-lêet kráp
我在貝里斯大使館工作。

- สถานทูต sà-tăan tôot 大使館

3. ผมทำงานที่พิพิธภัณฑ์ครับ

我在博物館工作。

回答職業時，可以使用以下兩種方式回答。

…▸ 對於詢問職業時的回答方法

主語 + เป็น (bpen) + 職業　　是～

主語 + ทำงาน (tam ngaan) + ที่ (têe) + 場所　　在～工作。

เพื่อนของคุณทำงานอะไรครับ
pêuan kǒng kun tam ngaan a-rai kráp
你的朋友做什麼工作？

↳ เขาเป็นนักธุรกิจค่ะ
kǎo bpen nák tú-rá-gìt kâ
他是商人。

รุ่นพี่ของคุณทำงานอะไรครับ
rûn pêe kǒng kun tam ngaan a-rai kráp
你的前輩做什麼工作？

↳ รุ่นพี่ทำงานที่บริษัทก่อสร้างค่ะ
rûn pêe tam ngaan têe bor-rí-sàt gòr sâang kâ
前輩在建築公司工作。

สร้าง sâang 建設、建造→
在一個單字中，當 ร ror 接在 จ, ศ, ส 後面，或是接在尾音前時，ร ror，聲調由前一個子音的聲調決定。

- สร้าง sâang 建設、建造
- เสริม sěrm 強化
- จริง jing 真實、事實
- เศร้า sâo 傷心

在泰國暢行無阻的 會話練習

01 詢問與回答職業

TRACK 46

ไปไหนครับ
bpai nǎi kráp
去哪裡？

ไปทำงานค่ะ
bpai tam ngaan kâ
去工作。

คุณทำงานที่ไหนครับ
kụn tam ngaan têe nǎi kráp
你在哪裡工作？

ดิฉันทำงานที่โรงงานค่ะ
dì-chǎn tam ngaan têe rohng ngaan kâ
我在工廠工作。

คุณไปทำงานหรือครับ
kụn bpai tam ngaan rěu kráp
你去工作嗎？

ค่ะ ไปทำงานค่ะ
kâ bpai tam ngaan kâ
是的，我去工作。

คุณทำงานอะไรครับ
kụn tam ngaan a-rai kráp
你做什麼工作？

ดิฉันเป็นเจ้าของร้านกาแฟค่ะ
dì-chǎn bpen jâo kǒng ráan gaa-fae kâ
我是咖啡館的店長。

- โรงงาน rohng ngaan 工廠
- เจ้าของ jâo kǒng 主人
- ร้านกาแฟ ráan gaa-fae 咖啡館

泰國的傳統武術

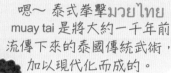

什麼是泰拳？
嗯～ 泰式拳擊มวยไทย muay tai 是將大約一千年前流傳下來的泰國傳統武術，加以現代化而成的。
不就是像拳擊一樣，卯起來打就可以了嗎？電視上看起來和綜合格鬥差不多呀？
不，泰拳是運用手和手肘、膝蓋、腿部技巧等，與對方決鬥的方式。
那個人的肌肉好結實啊～～～
不覺得跟想像中的一樣帥嗎？

打泰拳的話，身材就會變成那樣嗎？

當然啦！男性泰拳選手都不穿上衣，比賽時只穿著四角褲形狀的泰拳服裝上場。

啊唷喂呀!!

你幹嘛這樣穿？再怎麼看，你都像是有了身孕的樣子！

呿！走著瞧！

我正在跳舞呀～～
在比賽前，選手們會隨著傳統音樂的節拍，一邊繞行比賽會場，一邊跳著可祈求好運的Wai Kru舞。

你在幹嘛？

我也要跳～

我也是！

wan gèrt kǒng kun mêua rai

วันเกิดของคุณเมื่อไร

你的生日是什麼時候？

TRACK 47

駿逸(จวิ้นอี้)

คุณมาร่วมงานวันเกิดของผมวันเสาร์นี้
kun maa rûam ngaan wan gèrt kǒng pǒm wan sǎo née

ได้ไหมครับ
dâai mǎi kráp

馮(ฝน)

ได้ค่ะ เราจะพบกันตอนกี่โมงคะ
dâai kâ rao jà póp gan dton gèe mohng ká

駿逸(จวิ้นอี้)

เจอกันตอนหกโมงเย็นครับ
jer gan dton hòk mohng yen kráp

馮(ฝน)

ค่ะ ขอบคุณที่เชิญฉันนะคะ
kâ kòp kun têe chern chǎn ná ká

駿逸(จวิ้นอี้)

ไม่เป็นไรครับ วันเกิดของคุณเมื่อไร
mâi bpen rai kráp wan gèrt kǒng kun mêua rai

馮(ฝน)

วันเกิดของฉันคือวันที่ 8 สิงหาคมค่ะ
wan gèrt kǒng chǎn keu wan têe bpàet sǐng hǎa kom kâ

駿逸正邀請馮到自己的生日派對上，並詢問馮的生日。

駿逸	你這個星期六可以來參加我的生日派對嗎？
馮	可以。我們要幾點見面？
駿逸	下午六點見面。
馮	好的。謝謝你邀請我。
駿逸	哪裡哪裡。你的生日是什麼時候？
馮	我的生日是8月8日。

TRACK 48

單字

▪ ร่วม	rûam	參與、參加	▪ งาน	ngaan	工作、慶典、活動
▪ วัน	wan	日	▪ วันเกิด	wan gèrt	生日
▪ งานวันเกิด	ngaan wan gèrt	生日派對	▪ วันเสาร์	wan săo	星期六
▪ นี้	née	這個（接在星期前，意指本週～）	▪ จะ	jà	表示未來的助動詞將要～
▪ ตอน	dton	時間、～的時候	▪ กี่	gèe	幾
▪ โมง	mohng	時間、～的時候	▪ เจอ เจอกัน	jer jer gan	見面（比เจอกัน更尊敬的用法為พบกัน）
▪ หกโมงเย็น	hòk mohng yen	下午六點	▪ เชิญ	chern	邀請
▪ นะ	ná	接在動詞後，藉以表示或強調「懇求、強制、同意」等意志的添加語	▪ ไม่เป็นไร	mâi bpen rai	沒關係；千萬別這麼說（回應他人的道歉、感謝時）
▪ เมื่อไร เมื่อไหร่	mêua rai mêua rài	什麼時候	▪ สิงหาคม	sĭng hăa kom	8月

1. คุณมาร่วมงานวันเกิดวันเสาร์นี้ได้ไหมครับ

你這個星期六可以來參加生日派對嗎？

1 ร่วม rûam 的意思是參與、參加活動的意思，是日常生活中經常使用的單字。

◀ ร่วมงาน
　 rûam　ngaan
　　　　　　　　　　　　　　　參加活動

◀ ร่วมประชุม
　 rûam　bprà-chum
　　　　　　　　　　　　　　　參與會議

◀ ร่วมงานวันเกิด
　 rûam　ngaan　wan gèrt
　　　　　　　　　　　　　　　參加生日派對

◀ ร่วมงานแต่งงาน
　 rûam　ngaan dtàeng ngaan
　　　　　　　　　　　　　　　參加結婚典禮

◀ ร่วมงานรับปริญญา
　 rûam　ngaan　ráp　bpà-rin-yaa
　　　　　　　　　　　　　　　參加畢業典禮

別這樣啦～

② 星期

วันธรรมดา wan tam-má-daa 平日				
			วันพฤหัสฯ wan pá-réu-hàt 星期四 （口語） 	
วันจันทร์ wan jan 星期一	วันอังคาร wan ang-kaan 星期二	วันพุธ wan pút 星期三	วันพฤหัสบดี wan pá-réu-hàt-sà-bor-dee 星期四	วันศุกร์ wan sùk 星期五

วันเสาร์อาทิตย์ wan săo aa-tít, สุดสัปดาห์ sùt sàp-daa 週末	
วันเสาร์ wan săo 星期六	วันอาทิตย์ wan aa-tít 星期日

星期或時間後接**นี้** née（這個）、
หน้า nâa（下個）、**ที่แล้ว** têe láew
（上個），可以更準確地表示時間。

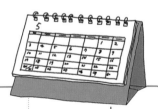

วันเสาร์นี้ wan săo née 本週六	วันจันทร์หน้า wan jan nâa 下週一	สัปดาห์ที่แล้ว sàp-daa têe láew 上週

- **ธรรมดา** tam-má-daa 普通、平凡
- **สุด** sùt 結束、最後的
- **สัปดาห์** sàp-daa 週、星期

2. เราจะพบกันตอนกี่โมง 　我們要幾點見面？

1 จะ jà 是表示未來的助動詞，有「將要～」的意思。

• 未來　　 **+** 　　將要～

◄ เราจะพบกันตอนหกโมงเย็นได้ไหม
rao　jà　póp gan　dton　hòk mohng yen　dâai măi
我們（將）在晚上六點見面，可以嗎？

◄ คุณแม่จะ ไปเทียวจังหวัดภูเก็ตวันศุกร์หน้า
kun mâe　jà　bpai tîeow　jang-wàt poo-gèt　wan sùk　nâa
媽媽下週五（將）要去普吉島玩。

◄ ผมจะกลับบ้านครับ
pŏm　jà　glàp bâan　kráp
我（將）要回家。

ผมจะกลับบ้านครับ
我（將）要回家。

② 時間的表達

★錄音順序依時間序1點到24點 TRACK 50

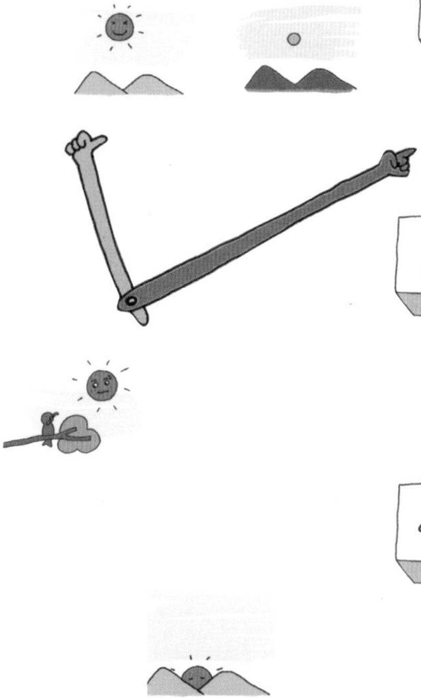

สิบเอ็ดโมงเช้า
sìp èt mohng cháo
上午11點

ห้าทุ่ม
hâa tûm
晚上11點

เที่ยง, เที่ยงวัน
tîang, tîang wan　中午

เที่ยงคืน
tîang keun　午夜

ตีหนึ่ง
dtee nèung
凌晨1點

บ่ายโมง
bàai mohng
下午1點

สิบโมงเช้า
sìp mohng cháo
上午10點

สี่ทุ่ม
sèe tûm
晚上10點

ตีสอง
dtee sŏng
凌晨2點

บ่ายสองโมง
bàai sŏng mohng
下午2點

เก้าโมงเช้า
gâo mohng cháo
上午9點

สามทุ่ม
sǎam tûm
晚上9點

ตีสาม
dtee sǎam
凌晨3點

บ่ายสามโมง
bàai sǎam mohng
下午3點

แปดโมงเช้า
bpàet mohng cháo
上午8點

สองทุ่ม
sŏng tûm
晚上8點

ตีสี่
dtee sèe
凌晨4點

บ่ายสี่โมง
bàai sèe mohng

สี่โมงเย็น
sèe mohng yen
下午4點

เจ็ดโมงเช้า
jèt mohng cháo
上午7點

ทุ่ม, หนึ่งทุ่ม,
tûm, nèung tûm, tûm

ทุ่มนึง
nèung　晚上7點

ตีหก
dtee hòk
凌晨6點

หกโมงเย็น
hòk mohng yen
下午6點

ตีห้า
dtee hâa
凌晨5點

ห้าโมงเย็น
hâa mohng yen
下午5點

3 也可以在1到24的數字後，接上表示「（幾）點、時鐘」的**นาฬิกา** naa-lí-gaa，用來指時間點。

- **สองนาฬิกา** 凌晨2點
  sǒng naa-lí-gaa
- **สิบห้านาฬิกา** 下午3點
  sìp hâa naa-lí-gaa
- **ยี่สิบสี่นาฬิกา** 晚上12點（24點、深夜零時）
  yêe sìp sèe naa-lí-gaa

4 以**นาฬิกา** naa-lí-gaa 表示時間時，可以用時間＋**น.**的形式來簡短表示。

- **以 นาฬิกา 表示時間時**

時間 + น.

- 05:00 น. 上午5點
  hâa naa-lí-gaa
- 18:00 น. 下午6點
  sip bpàet naa-lí-gaa
- 23:00 น. 晚上11點
  yêe sìp sǎam naa-lí-gaa

編註 在比較不正式的場合下，「**น.**」可以唸成（nor），與唸成（naa-lí-gaa）的意思相同。

5 時間的表達—時、分、秒

- เที่ยงครึ่ง
  tîang krêung
  上午12點半

- สองทุ่มครึ่ง
  sǒng tûm krêung
  晚上8點半

- หกโมงยี่สิบสี่นาที
  hòk mohng yêe sìp sèe naa-tee
  晚上6點24分

- สองนาฬิกาสามสิบเก้านาที
  sǒng naa-lí-gaa sǎam sìp gâo naa-tee
  凌晨2點39分

- สิบนาฬิกาสองนาทีสี่วินาที
  sìp naa-lí-gaa sǒng naa-tee sèe wí-naa-tee
  上午10點42分4秒

6 時間的表達—時段

TRACK 51

 เช้า
cháo
早上

 กลางวัน
glaang wan
白天

 เย็น
yen
下午、傍晚

 กลางคืน
glaang keun
夜晚

 ดึก
dèuk
深夜

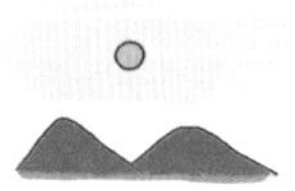

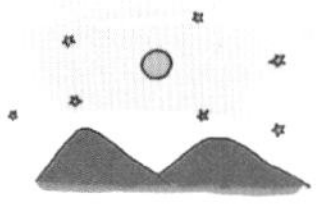

เมื่อวาน, เมื่อวานนี้	mêua waan, mêua waan née	昨天
วันนี้	wan née	今天
พรุ่งนี้, วันพรุ่งนี้	prûng-née, wan prûng-née	明天
วานซืนนี้	waan-seun née	前天
มะรืนนี้	má-reun née	後天

◁ เช้า + วานนี้ ⋯▶ เช้าวานนี้   昨天早上
cháo   waan née   cháo waan née

◁ เย็น + วานนี้ ⋯▶ เย็นวานนี้   昨天傍晚
yen   waan née   yen   waan née

◁ คืน + นี้ ⋯▶ คืนนี้   今天晚上
keun   née   keun née

◁ พรุ่งนี้ + เช้า ⋯▶ พรุ่งนี้เช้า   明天早上
prûng-née   cháo   prûng-née cháo

◁ เย็น + พรุ่งนี้ ⋯▶ เย็นพรุ่งนี้   明天傍晚
yen   prûng-née   yen prûng-née

◁ เวลา 05:00 น. วันนี้   今天早上5點
way-laa hâa   naa-li-gaa wan née

3. วันเกิดของคุณเมื่อไร 你的生日是什麼時候？

1 關於生日的詢問與回答，有以下各種方式。

วันเกิดของคุณเมื่อไร
wan gèrt kǒng kun mêua rai
你的生日是什麼時候？

↳ วันเกิดของฉันคือวันที่ 20 ธันวาคมค่ะ
wan gèrt kǒng chǎn keu wan têe yee sìp tan-waa kom kâ
我的生日是12月20日。

คุณเกิดเมื่อไหร่
kun gèrt mêua rài
你什麼時候出生？

คุณเกิดวันที่เท่าไหร่
kun gèrt wan têe tâo-rǎi
你幾號出生？

↳ ฉันเกิดวันที่ 12 เดือนมิถุนายนค่ะ
chǎn gèrt wan têe sìp sǒng deuan mí-tǔ-naa-yon kâ
我6月12日出生。

2 日期的表達－日、月、年

TRACK 52

1月 มกราคม má-gà-raa kom mók-gà-raa kom	2月 กุมภาพันธ์ gum-paa pan	3月 มีนาคม mee-naa kom
4月 เมษายน may-săa-yon	5月 พฤษภาคม préut-sà-paa kom	6月 มิถุนายน mí-tù-naa-yon
7月 กรกฎาคม gà-rá-gà-daa-kom	8月 สิงหาคม sĭng hăa kom	9月 กันยายน gan-yaa-yon
10月 ตุลาคม dtù-laa kom	11月 พฤศจิกายน préut-sà-jì-gaa-yon	12月 ธันวาคม tan-waa kom
日 วัน wan	月 เดือน deuan	年、歲 ปี bpee

月之前也可以省略เดือน deuan，而與星期一起出現時，則多省略不用。年之前的ปี bpee 也大多省略，西曆以ค.ศ. kor-sŏr 表示，佛曆則以พ.ศ. por-sŏr 表示。

在泰語中，西曆紀年與佛曆紀年並存。西曆再加上543年，即為泰國的佛曆，因此若以2016年為例，則為佛曆2559年。民國年則是加上2454年就能換算成佛曆。例：

（西曆）2016年 ＋ 543年＝（佛曆）2559年

（民國）105年 ＋ 2454 年＝（佛曆）2559年

快來算算看在泰國人的想法中，你是佛曆幾年出生的吧！

• ～年 ～月 ～日

wan têe **วันที่**	＋ 日	＋	deuan **เดือน**	＋ 月	＋	bpee **ปี**	＋ 年
	數字或泰語			泰語			數字

• ～年 ～月 ～日 ～星期

星期 ＋	têe **ที่**	＋ 日	＋	deuan **เดือน**	＋ 月	＋	bpee **ปี**	＋ 年
	數字或泰語			泰語			數字

這裡也可以省略**เดือน** deuan，
只要寫泰語的月份即可。

◢ **วันที่ 3 เดือนมกราคม ปี 2558**　2015年1月3日
wan têe săam deuan mók-gà-raa-kom bpee sŏng pan hâa rói hâa-sìp-bpàet

◢ **วันที่ 21 พฤษภาคม 2560**　2017年5月21日
wan têe yêe sìp èt préut-sà-paa kom sŏng pan hâa rói hòk sìp

◢ **วันที่ 5 สิงหาคม ค.ศ. 1980**　1980年8月5日
wan têe hâa sĭng hăa kom   kor-sŏr nèung pan gâo rói bpàet sìp

◢ **วันจันทร์ที่ 1 พฤศจิกายน พ.ศ. 2553**　2010年11月1日星期一
wan jan têe nèung préut-sà-jì-gaa-yon por-sŏr sŏng pan hâa rói hâa-sìp-săam

◢ **วันอังคารที่ 19 เมษายน 2016**　2016年4月19日星期二
wan ang-kaan   têe sìp gâo may-săa-yon   sŏng pan sìp hòk

◢ **วันเสาร์ที่ 1 มีนาคม 2557**　2014年3月1日星期六
wan săo   têe nèung   mee-naa kom sŏng pan hâa rói hâa-sìp-jèt

01 邀請

TRACK 53

คุณมาร่วมงานวันเกิดของผมวันเสาร์นี้ได้ไหมครับ
kun maa rûam ngaan wan gèrt kŏng pŏm wan săo née dâai măi kráp
你這個星期六可以來參加我的生日派對嗎？

ได้ค่ะ ขอบคุณที่เชิญค่ะ
dâai kâ kòp kun têe chern kâ
可以。謝謝你邀請我。

คุณมาร่วมงานแต่งงานของผมวันศุกร์หน้าได้ไหมครับ
kun maa rûam ngaan dtàeng ngaan kŏng pŏm wan sùk nâa dâai măi kráp
你下個星期五可以來參加我的婚禮嗎？

ขอโทษ วันศุกร์หน้าฉันต้องไปทำงานค่ะ
kŏr tôht wan sùk nâa chăn dtông bpai tam ngaan kâ
對不起。下星期五我得去工作。

01 關於生日的詢問與回答　　　　TRACK 54

วันเกิดของคุณเมื่อไรครับ
wan gèrt　kŏng　kun　mêua rai　kráp
你的生日是什麼時候？

วันเกิดของฉันคือวันที่ 8 สิงหาคมค่ะ
wan gèrt　kŏng　chăn keu wan têe bpàet sĭng hăa kom　kâ
我的生日是8月8日。

คุณเกิดเมื่อไหร่
kun　gèrt　mêua rài
你什麼時候出生？

在泰語中，日期的表達方式與中文相反，必須依照日、月、年的順序才行，請多留意。

ฉันเกิดวันที่ 10 เดือนมิถุนายน ปี 1970 ค่ะ
chăn gèrt　　wan têe sìp　deuan mí-tù-ṅaa-yon bpee nèung pan gâo rói jet sìp　kâ
我1970年6月10日出生。

chapter 08

kun koie gin aa-hăan tai măi

คุณเคยกินอาหารไทยไหม

你吃過泰國料理嗎？

TRACK 55

馮(ฝน)
คุณเคยทานอาหารไทยไหมคะ
kun koie taan aa-hăan tai măi ká

駿逸(จวิ้นอี้)
ผมเคยกินอาหารไทยครับ
pŏm koie gin aa-hăan tai kráp

ผมชอบอาหารไทยครับ
pŏm chôp aa-hăan tai kráp

馮(ฝน)
คุณชอบอาหารไทยอะไรบ้างคะ
kun chôp aa-hăan tai a-rai bâang ká

駿逸(จวิ้นอี้)
ผมชอบผัดไทย ส้มตำ และก๋วยเตี๋ยวครับ
pŏm chôp pàt tai sôm dtam láe gŭay-dtĭeow kráp

馮(ฝน)
ฉันดีใจที่คุณชอบอาหารไทยค่ะ
chăn dee jai têe kun chôp aa-hăan tai kâ

馮與駿逸正以品嚐泰國料理的經驗為主題進行對話。

馮　　你吃過泰國料理嗎？

駿逸　我吃過泰國料理。我喜歡泰國料理。

馮　　你喜歡哪些泰國料理？

駿逸　我喜歡炒麵、涼拌青木瓜，還有湯板條。

馮　　我很高興你喜歡泰國料理。

單字

เคย	koie	曾經～，有～的經驗	ทาน	taan	食用（吃 กิน 的尊敬用法）
กิน	gin	吃	อาหาร	aa hǎan	料理、食物
อาหารไทย	aa-hǎan tai	泰國料理	บ้าง	bâang	稍微、稍稍、哪些（修飾詞）
ผัดไทย	pàt tai	泰式炒麵	ส้มตำ	sôm dtam	涼拌青木瓜
ก๋วยเตี๋ยว	gǔay-dtǐeow	泰式湯板條	ดีใจ	dee jai	開心

08 基礎文法解說

1. คุณเคยกินอาหารไทยไหม

你吃過泰國料理嗎？

1 เคย koie 是表示經驗的助動詞，帶有「曾經～」的意思。可用於詢問對方的經驗。

• **表示經驗的助動詞**

koie เคย ＋ 動詞　曾經～

คุณเคยกินอาหารเกาหลีไหม　你吃過韓國料理嗎？
kun koie gin aa-hăan gao-lĕe măi

คุณเคยกินอาหารญี่ปุ่นไหม　你吃過日本料理嗎？
kun koie gin aa-hăan yêe bpùn măi

คุณเคยมาประเทศไต้หวันไหม　你來過台灣嗎？
kun koie maa bprà-tâyt dtâi-wăn măi

คุณเคยไปประเทศสวีเดนไหม　你去過瑞典嗎？
kun koie bpai bprà-tâyt sà-wĕe-dayn măi

▪ ประเทศสวีเดน bprà-tâyt sà-wĕe-dayn　瑞典

2 回答對方的詢問時，若答案為肯定，以เคย koie（曾經～）回答；答案為否定時，以ไม่เคย mâi koie（不曾～）回答。

• 肯定

koie
เคย 曾經～

• 否定

mâi koie
ไม่เคย 不曾～

ผมเคยกินอาหารเกาหลี
pŏm koie gin aa-hăan gao-lĕe
我吃過韓國料理。

ฉันเคยกินอาหารญี่ปุ่น
chăn koie gin aa-hăan yêe bpùn
我吃過日本料理。

เขาไม่เคยไปประเทศเกาหลี
kăo mâi koie bpai bprà-tâyt gao-lĕe
他不曾去過韓國。

คุณปู่ไม่เคยไปประเทศสวีเดน
kun bpoo mâi koie bpai bprà-tâyt sà-wĕe-dayn
爺爺不曾去過瑞典。

เราไม่เคยไปเที่ยวต่างประเทศ
rao mâi koie bpai tîeow dtàang bprà-tâyt
我們不曾出國玩過。

2. คุณชอบอาหารไทยอะไรบ้าง
你喜歡哪些泰國料理？

บ้าง bâang 是表示「稍微、稍稍、哪些」的修飾詞，用於指稱限定的數量時。

◀ คุณชอบอาหารจีนอะไรบ้าง 你喜歡哪些中國料理？
　kun　chôp　aa-hǎan　jeen a-rai　bâang

◀ คุณชอบอาหารทะเลอะไรบ้าง 你喜歡哪些海鮮料理？
　kun　chôp　aa hǎan　tá-lay　a-rai　bâang

◀ คุณชอบนักร้องคนไหนบ้าง 你喜歡哪些歌手？
　kun　chôp　nák róng　kon nǎi　bâang

◀ ที่ร้านอาหารนั้นมีเมนูอะไรบ้าง 在那間餐廳有哪些菜單？
　têe ráan aa-hǎan　nán mee may-noo a-rai　bâang

- ทะเล　tá-lay　海
- คนไหน　kon nǎi　誰、哪個人
- เมนู　may-noo　菜單
- นักร้อง　nák róng　歌手
- ร้านอาหาร　ráan aa-hǎan　餐廳

3. ฉันดีใจที่คุณชอบอาหารไทย
我很高興你喜歡泰國料理。

1 對情感表達
　「A 主語 ＋ 情感 ＋ ที่têe ＋（B 主語）＋ 動詞」的結構，
可用於表示自己對某種狀態或特定情況的感受。

（ A 主語 ）＋（ 情感 ）＋（ têe ที่ ）＋（ B 主語 ）＋（ 動詞 ）

由於B～，使A覺得～。

◀ ผมดีใจที่คุณชอบ　　　　　　　　　　我很高興你喜歡。
　　pŏm dee jai têe kun　chôp

◀ ฉันดีใจที่คุณชอบอาหารเสฉวน　　我很高興你喜歡川菜。
　　chăn dee jai têe kun　chôp　aa hăan　săy-chuan

◀ ฉันดีใจที่คุณชอบเมืองไทย　　　我很高興你喜歡泰國。
　　chăn dee jai têe kun　chôp　meuang tai

◀ คุณพ่อคุณแม่ดีใจที่น้องชายสอบผ่าน
　　kun pôr　　kun mâe　dee jai têe nóng chaai　sòp pàan

　　弟弟通過考試，爸爸媽媽很高興。

　▪ สอบผ่าน　sòp pàan　考試合格、通過考試

2 各種情感表達

ดีใจ dee jai 開心 		เศร้า, เสียใจ sâo　　sĭa jai 傷心 	
เสียดาย sĭa daai 可惜 	เกรงใจ grayng jai 顧忌、不好意思 		กลัว glua 害怕、恐懼 
ตื่นเต้น dtèun dtên 緊張、興奮、激動 	อาย aai 害羞、羞怯 		สบายใจ sà-baai jai 安心、舒服 
เหงา ngăo 寂寞、孤單 	ขอบคุณ kòp kun 感謝 		ขอโทษ kŏr tôht 抱歉 

在泰國暢行無阻的 會話練習

01 關於經驗的詢問與回答

TRACK 57

คุณเคยกินอาหารไทยไหมครับ
kun koie gin aa-hǎan tai mǎi kráp
你吃過泰國料理嗎？

ดิฉันเคยกินอาหารไทยค่ะ
dì-chǎn koie gin aa-hǎan tai kâ
我吃過泰國料理。

คุณเคยไปเมืองพัทยาไหมครับ
kun koie bpai meuang pát-tá-yaa mǎi kráp
你去過芭達雅嗎？

ดิฉันเคยไปพัทยากับแฟนค่ะ
dì-chǎn koie bpai pát-tá-yaa gàp faen kâ
我和男朋友去過芭達雅。

คุณเคยไปวัดไหมครับ
kun koie bpai wát mǎi kráp
你去過寺廟嗎？

ดิฉันไม่เคยไปวัดค่ะ
dì-chǎn mâi koie bpai wát kâ
我沒去過寺廟。

คุณเคยเรียนภาษาจีนไหมครับ
kun koie rian paa-sǎa jeen mǎi kráp
你學過中文嗎？

ดิฉันไม่เคยเรียนภาษาจีนค่ะ
dì-chǎn mâi koie rian paa-sǎa jeen kâ
我沒學過中文。

01 情感表達

ผมดีใจที่คุณจะมาประเทศไทยครับ
pǒm dee jai têe kun jà maa bprà-tâyt tai kráp
我很高興你將要來泰國。

ดิฉันตื่นเต้นมากที่ได้ไปเที่ยวเมืองไทยค่ะ
dì-chǎn dtèun dtên mâak têe dâai bpai tîeow meuang tai kâ
我很興奮可以去泰國玩。

ผมดีใจที่คุณสอบผ่าน
pǒm dee jai têe kun sòp pàan
我很高興你通過考試。

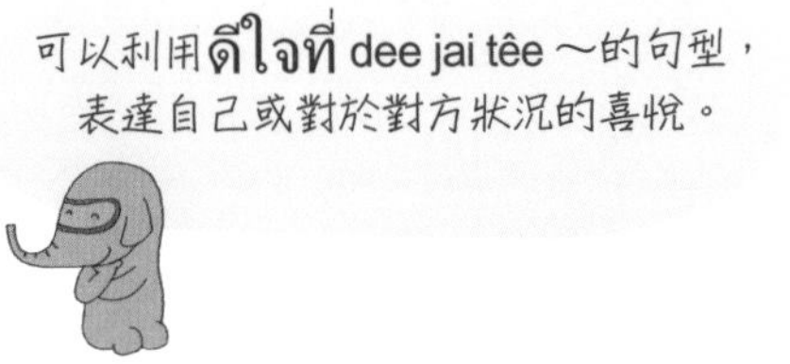

可以利用**ดีใจที่** dee jai têe ～的句型，
表達自己或對於對方狀況的喜悅。

ขอบคุณค่ะ
kòp kun kâ
謝謝。

恭喜你獲得參與這次
桌球比賽的資格～～

哪裡哪裡，這種程度……
對我來說易如反掌

泰國料理與飲食文化

你吃過泰國料理中的泰式酸辣湯嗎？

名字很特別呢……當然沒吃過呀～

使用各種材料與調味料，將酸、甜、鹹、苦、辣五種滋味融入在一道料理裡，是最主要的特徵喔～

在炒飯、湯麵、炒麵等料理中，可加入 ไก่ gài（雞）、หมู mŏo（豬）、เนื้อ néua（牛）、กุ้ง gûng（蝦）、ปู bpoo（螃蟹）等食材食用。

在料理名稱後加上特定的肉類，就成為該道料理的名稱。

ข้าวผัด kâao pàt 炒飯

泰國主食為米飯，而各個地區也都有不同的飲食文化喔。

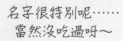

ส้มตำ sôm dtam 涼拌青木瓜

ต้มยำกุ้ง dtôm yam gûng 泰式酸辣湯

泰式酸辣湯被認為是世界三大料理之一。

ผัดไทย pàt tai 炒麵

ก๋วยเตี๋ยว gǔay-dtǐeow 湯板條

ยำวุ้นเส้น yam wún sên
加入蝦子、魷魚、豬肉末、粉絲等食材，涼拌而成的涼拌冬粉

ไก่ย่าง gài yâang 烤雞

ปูผัดผงกะหรี่ bpoo pàt pǒng gà rèe
將螃蟹與雞蛋、椰奶、咖哩一起拌炒的咖哩炒螃蟹

ไก่ทอด gài tôt 炸雞

ปลาทอด bplaa tôt 炸魚

คอหมูย่าง kor mǒo yâang 烤豬頸肉

กุ้งเผา gûng pǎo 烤蝦

泰國料理被譽為世界六大料理之一，在全球擁有超高人氣。

泰國的熱帶水果

聽說泰國的熱帶水果超級好吃，但是我不知道名字～

啊哈，這簡單，讓我來告訴你吧～

TRACK 59

ผลไม้ 水果		ทุเรียน 榴槤	
pǒn-lá-máai		tú rian	

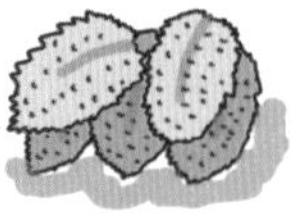

มะม่วง 芒果		มะนาว 萊姆、檸檬	
má-mûang		má-naao	

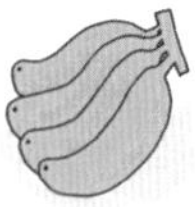

編註 泰文裡並未將「萊姆」及「檸檬」細分，兩者皆是「มะนาว」。

กล้วย 香蕉		แตงโม 西瓜	
glûay		dtaeng moh	

มะละกอ 木瓜		ลิ้นจี่ 荔枝	
má lá gor		lín jèe	

ชมพู่ 蓮霧		แก้วมังกร 火龍果	
chom-pôo		gâew mang-gon	

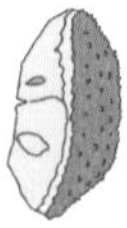

ขนุน 菠蘿蜜		มังคุด 山竹	
kà-nǔn		mang kút	

飲料與酒類

TRACK 60

น้ำเปล่า	náam bplào	水	น้ำส้ม	náam sôm	柳橙汁
ผลไม้ปั่น	pŏn-lá-máai bpan	水果冰沙	นม	nom	牛奶
ชา	chaa	茶	ชาเย็น	chaa yen	泰式奶茶
กาแฟ	gaa-fae	咖啡	โอเลี้ยง	oh líang	泰國傳統黑咖啡
เหล้า	lâo	酒	เบียร์	bia	啤酒
แสงโสม	săeng sŏhm	泰國威士忌			

您要點哪一道？

當然還是白天
喝酒最痛快！

與飲食相關的用法

กิน	gin	吃	ทาน	taan	吃、食用
ดื่ม	dèum	喝	แตงโมปั่น	dtaeng moh bpan	西瓜冰沙
ปั่น	bpan	旋轉（與水果一起使用時，表示「水果冰沙」的意思）			
ต้ม	dtôm	煮	ผัด	pàt	炒
ปิ้ง	bping	烤	ย่าง	yâang	烤
ทอด	tôt	炸	เผา	păo	放入火中烤
รส	rót	滋味	หวาน	wăan	甜
ขม	kŏm	苦	เค็ม	kem	鹹
เปรี้ยว	bprîeow	酸	เผ็ด	pèt	辣
ข้าว	kâao	米飯	เส้น	sên	麵
ขนม	kà-nŏm	餅乾、甜點	เค้ก	káyk	蛋糕

我全部
都要吃！

raa-kaa   tâo rai
ราคาเท่าไร

多少錢?

TRACK 61

馮(ฝน)

กระเป๋าสวย มีสีอะไรบ้างคะ
grà-bpǎo   sǔay   mee sěe a-rai bâang ká

市場商販
(พ่อค้า)

มีสีชมพู สีเขียว สีแดง และสีดำครับ
mee sěe chom-poo sěe kǐeow   sěe daeng láe   sěe dam kráp

若攤商為男性時（店老闆），以 **พ่อค้า** pôr káa 稱呼；
若攤商為女性時（店老闆娘），以 **แม่ค้า** mâe káa 稱呼。

馮(ฝน)

ราคาเท่าไรคะ
raa-kaa tâo rai   ká

市場商販
(พ่อค้า)

ราคาอันละ 2,000 บาทครับ
raa-kaa an lá   sǒng pan bàat   kráp

馮(ฝน)

แพงค่ะ ลดราคาให้หน่อยได้ไหมคะ
paeng kâ   lót raa-kaa hâi nòi   dâai mǎi   ká

市場商販
(พ่อค้า)

ไม่ได้ครับ
mâi dâai kráp

ราคาถูกกว่าในห้างสรรพสินค้าครับ
raa-kaa tòok gwàa nai hâang sàp sǐn káa   kráp

馮正向市場商販購買皮包。

| 馮 | 皮包真漂亮。有哪些顏色？ |
| 商販 | 有粉紅色、綠色、紅色，還有黑色。 |

| 馮 | 多少錢？ |
| 商販 | 一個2000泰銖。 |

| 馮 | 好貴。可以算便宜一點嗎？ |
| 商販 | 不行，價格比百貨公司還便宜了。 |

TRACK 62

單字

■ กระเป๋า	grà-bpǎo	皮包	■ สวย	sǔay	漂亮、美
■ สี	sěe	顏色	■ สีชมพู	sěe chom-poo	粉紅色
■ สีเขียว	sěe kǐeow	綠色	■ สีแดง	sěe daeng	紅色
■ สีดำ	sěe dam	黑色	■ ราคา	raa-kaa	價格
■ เท่าไร	tâo rai	多少、多麼	■ อัน	an	～個（單位量詞）
■ ละ	lá	每個～、每～	■ บาท	bàat	泰銖（泰國貨幣單位 Baht）
■ แพง	paeng	貴	■ ลด	lót	減少、降低
■ ให้	hâi	給～、讓～、使～	■ ถูก	tòok	便宜、廉價
■ กว่า	gwàa	比～	■ ใน	nai	在～之內、在～之中、裡面的
■ ห้างสรรพสินค้า	hâang sàp sǐn káa	百貨公司			

I. กระเป๋าสวย มีสีอะไรบ้าง

皮包真漂亮。有哪些顏色?

1 顏色

TRACK 63

 สีขาว sĕe kăao 白色	สีดำ sĕe dam 黑色 	สีเทา sĕe tao 灰色 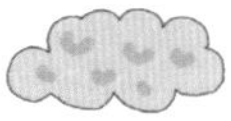
สีเงิน sĕe ngern 銀色 	สีทอง sĕe tong 金色 	สีชมพู sĕe chom-poo 粉紅色 
สีส้ม sĕe sôm 橘色 	สีแดง sĕe daeng 紅色 	สีเหลือง sĕe lĕuang 黃色
สีน้ำตาล sĕe nám-dtaan 褐色 	สีน้ำเงิน sĕe náam ngern 藍色 	สีฟ้า sĕe fáa 天藍色 
สีม่วง sĕe mûang 紫色 	สีเขียว sĕe kĭeow 綠色	

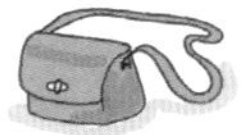

2 感描述物品

利用皆可使用於物品與人的 **สวย** sŭay 、**หล่อ** lòr 、**น่ารัก**
nâa rák 等形容詞來描述物品。

| สวย
sŭay
漂亮、美 | | หล่อ
lòr
帥 | | น่ารัก
nâa rák
可愛 | |

◁ **กระเป๋าสีม่วงนี้สวย**
　 grà-bpăo　sĕe mûang née sŭay

這個紫色的皮包真漂亮。

◁ **ดินสอสีเหลืองนี้น่ารัก**
　 din-sŏr　sĕe lĕuang　née nâa rák

這枝黃色的鉛筆真可愛。

◁ **คนหล่อ**
　 kon　lòr

帥哥

◁ **เขาเต้นน่ารัก**
　 kăo　dtên　nâa rák

他的舞跳得很可愛。

- -

▪ **ดินสอ** din-sŏr　鉛筆　　▪ **เต้น** dtên　跳舞

ื๒. ราคาเท่าไร　　　　　　　　　　多少錢？

1 ราคาเท่าไร raa-kaa tâo rai 或 ราคาเท่าไหร่ raa-kaa tâo-rài 都
是詢問價格的用法。

　　•詢問價格的用法

| raa-kaa tâo rai
ราคาเท่าไร | 或 | raa-kaa tâo-rài
ราคาเท่าไหร่ |

อันนี้ราคาเท่าไร 這個多少錢？
an née raa-kaa tâo rai

พวกนี้ราคาเท่าไร 這些多少錢？
pûak née raa-kaa tâo rai

กระเป๋าอันนี้ราคาเท่าไหร่ 這個皮包多少錢？
grà-bpăo an née raa-kaa tâo rài

ดินสอสีชมพู 3 แท่งนี้ราคาเท่าไหร่
din-sŏr sĕe chom-poo săam tâeng née raa-kaa tâo-rài
三支粉紅色鉛筆多少錢？

- แท่ง tâeng 計算一團或一把物品時使用的單位量詞。

2 單位量詞

TRACK 65

อัน an
一般用於表示
「～個」的單位量詞

ฉบับ chà-bàp
計算書、底稿、
報紙等物品的單位量詞

แห่ง hàeng
（場所）～個地區、
～地方

ตัว dtua
（演員）～人；（動物）
～隻；（書桌、椅子）
～個；（票等）～張

ลูก lôok
計算球、水果等
物品的單位量詞

คัน kan
計算帶有把手的
物品，如汽車、湯匙、叉
子、雨傘等的單位量詞

เล่ม lêm
（書本、書籍等）～本；
（刀、針、蠟燭等長條狀
物品）～支、～根

แท่ง tâeng
計算一團或一把物品，如鉛
筆、粉筆等的單位量詞

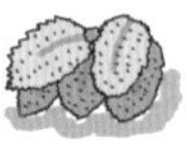

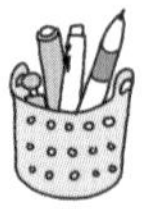

◁ ราคาอันละ 2,000 บาท
raa-kaa an lá sŏng pan bàat

每個2000泰銖。

◁ มีหนังสือพิมพ์ 6 ฉบับ
mee năng sěu pim hòk chà-bàp

有6份報紙。

◁ ห้องน้ำแห่งหนึ่ง
hông náam hàeng nèung

一間廁所。

◁ เก้าอี้ตัวละ 240 บาท
gâo-êe dtua lá sŏng rói sèe sìp bàat

每張椅子240泰銖。

◁ กล้วย 1 ลูก
glûay nèung lôok

一根香蕉。

◁ รถคันนี้สีดำ
rót kan née sěe dam

這輛汽車是黑色的。

◁ คุณมีเทียน 5 เล่ม ไหม
kun mee tian hâa lêm măi

你有五根蠟燭嗎？

◁ ดินสอสีชมพ 3 แท่งนี้ราคา 50 สตางค์
din-sŏr sěe chom-poo săam tâeng née raa-kaa hâa sìp sà-dtaang

粉紅色鉛筆3支50撒丹

▪ หนังสือพิมพ์	năng-sěu pim	報紙
▪ ห้องน้ำ	hông náam	廁所、洗手間
▪ เก้าอี้	gâo-êe	椅子
▪ รถ	rót	汽車
▪ เทียน	tian	蠟燭
▪ สตางค์	sà-dtaang	撒丹（泰國最小的貨幣單位，相當於泰銖的百分之一。）

3. ลดราคาให้หน่อยได้ไหม 可以算便宜一點嗎？

1 ให้ hâi 的意思是「給～、讓～、使～」，在日常生活中被廣泛使用。

　　　給～、讓～、使～

◀ **ลดราคาให้หน่อย**　　　　　價錢算便宜一點。
　lót　raa-kaa　hâi　nòi

◀ **อยากให้รู้**　　　　　　想要讓（某人）知道。
　yàak　　hâi　rǒo

◀ **ผมจะแนะนำให้**　　　　　讓我為各位介紹。
　pǒm jà　náe nam　hâi

◀ **เราไม่เคยให้ของขวัญวันเกิด**
　rao　mâi koie　hâi　kǒng kwǎn　　wan gèrt
　我不曾給過生日禮物。

- **รู้**　　　　róo　　　　知道
- **แนะนำ**　　náe nam　　介紹
- **เรา**　　　rao　　　　我們、我
- **ของขวัญ**　kǒng kwǎn　禮物

ลดราคาให้หน่อย
lót　raa-kaa　hâi　nòi
價錢算便宜一點。

2 กว่า gwàa（比）可用來比較各種對象或情況等。

• 比較　gwàa กว่า ＋ 對象 情況　比～

ราคาถูกกว่าในห้างสรรพสินค้า
raa-kaa tòok gwàa nai hâang sàp sǐn káa
價格比百貨公司（賣的東西）還便宜了。

อยากไปตลาดมากกว่าห้างสรรพสินค้า
yàak bpai dtà-làat mâak gwàa hâang sàp sǐn káa
比起百貨公司，更想去市場。

ลูกชายสูงกว่าแม่
lôok chaai sǒong gwàa mâe
兒子比媽媽高。

ผมอ้วนกว่าน้องสาว
pǒm ûan gwàa nóng sǎao
我比妹妹胖。

ฉันชอบกาแฟร้อนมากกว่ากาแฟเย็น
chǎn chôp gaa-fae rón mâak gwàa gaa-fae yen
比起冰咖啡，我更喜歡熱咖啡。

- ตลาด dtà-làat 市場
- สูง sǒong 身材高、高
- เตี้ย dtîa 身材矮、低
- อ้วน ûan 胖
- ผอม pǒm 瘦、苗條
- ร้อน rón 熱、燙
- เย็น yen 冰冷

在泰國暢行無阻的 會話練習

01 詢問物品的顏色及價格

TRACK 66

กระเป๋าสวย มีสีอะไรบ้างคะ
grà-bpăo sŭay mee sĕe a-rai bâang ká
皮包真漂亮。有哪些顏色？

มีสีชมพู สีเขียว สีม่วง และสีเทาครับ
mee sĕe chom-poo sĕe kĭeow sĕe mûang láe sĕe tao kráp
有粉紅色、綠色、紫色，還有灰色。

ราคาเท่าไรคะ
raa-kaa tâo rai ká
多少錢？

ราคาอันละ 800 บาทครับ
raa-kaa an lá bpàet rói bàat kráp
一個800泰銖。

▪ กระโปรง grà bprohng 裙子

กระโปรงน่ารัก มีสีอะไรบ้างคะ
grà bprohng nâa rák mee sĕe a-rai bâang ká
裙子真可愛。有哪些顏色？

มีสีขาว สีเงิน และสีทองครับ
mee sĕe kăao sĕe ngern láe sĕe tong kráp
有白色、銀色，還有金色。

計算衣服的數量時，可使用 ตัว dtua 、อัน an 兩種單位量詞。

ราคาเท่าไรคะ
raa-kaa tâo rai ká
多少錢？

ราคาตัวละ 200 บาทครับ
raa-kaa dtua lá sŏng rói bàat kráp
一件200泰銖。

02 比較的句型

TRACK 67

กระโปรงตัวนี้แพงมาก ลดราคาให้หน่อยได้ไหมคะ
grà bprohng dtua née paeng mâak lót raa-kaa hâi nòi dâai măi ká
這件裙子太貴了。可以算便宜一點嗎？

ไม่ได้ครับ ราคาถูกกว่าในห้างสรรพสินค้าครับ
mâi dâai kráp raa-kaa tòok gwàa nai hâang sàp sĭn káa kráp
不行，價格比百貨公司還便宜了。

หนังสือเล่มนี้แพงกว่าในอินเตอร์เน็ต
năng-sĕu lêm née paeng gwàa nai in-dtêr-nét
ลดราคาให้หน่อยได้ไหมคะ
lót raa-kaa hâi nòi dâai măi ká
這本書比網路上還貴。可以算便宜一點嗎？

ไม่ได้ครับ ราคาถูกกว่าในตลาดครับ
mâi dâai kráp raa-kaa tòok gwàa nai dtà-làat kráp
不行，價格比市場還便宜了。

แพง paeng（貴）、ถูก tòok（便宜、低廉）、ลดราคาให้หน่อย lót raa-kaa hâi nòi（算我便宜一點），是在泰國購物時經常使用的用法，請一定要記下來。

泰國的貨幣

這次確定要去泰國玩了呢～啊，光是一想到，就覺得很興奮～～

換錢了嗎？你對泰國貨幣單位又了解多少呢？

泰國貨幣單位為泰銖（Baht）บาท bàat，還有相當於百分之一泰銖的撒丹 สตางค์ sà-dtaang。泰國紙幣上還有我的公公呢～～

bàat　　　　sà-dtaang
1 บาท = 100 สตางค์
1泰銖(Baht)　100 撒丹(Satang)

你是說紙幣上印有現任國王，蒲美蓬國王的肖像囉？你常說出這樣藝瀆王室的話，會出問題的！

這樣的金額可以買哪些東西呢？

1,000 บาท nèung pan bàat

這張最大面額的紙幣，如果好好使用的話，在泰國生活一星期都不是問題～

• 紙幣　ธนบัตร tá-ná-bàt

500 บาท hâa rói bàat

100 บาท nèung rói bàat

50 บาท hâa sìp bàat

20 บาท yêe sìp bàat

• 錢幣　เหรียญ rǐan rǐan

10 บาท
sìp bàat

5 บาท
hâa bàat

2 บาท
sǒng bàat

1 บาท
nèung bàat

50 สตางค์
hâa sìp sà-dtaang

25 สตางค์
yêe sìp hâa sà-dtaang

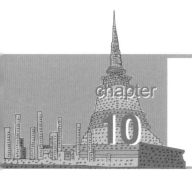

kun mâi sà-baai rĕu bplào

คุณไม่สบายหรือเปล่า

你不舒服嗎？

TRACK 68

馮(ฝน)
คุณไม่สบายหรือเปล่าคะ
kun mâi sà-baai rĕu bplào ká

駿逸(จวิ้นอี้)
ครับ ผมปวดแขน ครับ
kráp pŏm bpùat kăen kráp

เมื่อวานนี้ผมถูกรถชนครับ
mêua waan née pŏm tòok rót chon kráp

馮(ฝน)
คุณต้องไปหาหมอค่ะ
kun dtông bpai hăa mŏr kâ

駿逸(จวิ้นอี้)
ช่วยพาผมไปโรงพยาบาลหน่อยครับ
chûay paa pŏm bpai rohng pá-yaa-baan nòi kráp

駿逸向馮訴說前一天發生交通事故造成的疼痛，並請馮帶他上醫院。

馮	你不舒服嗎？
駿逸	是的，我的手痛。
	我昨天被汽車撞了。

| 馮 | 你得去看醫生。 |
| 駿逸 | 請帶我去醫院一下。 |

單字

- **ไม่สบาย**   mâi sà-baai   不舒服、生病

- **หรือเปล่า**   rěu bplào   是否～？
  เปล่า bplào 是表示「並非如此」的否定詞。在疑問句句尾使用 **หรือเปล่า** rěu bplào，可表示「是否～？」的意思。回答時，以 **เปล่า** bplào（不是）回答即可。

- **ปวด**   bpùat   疼痛   ▪ **แขน**   kǎen   手

- **เมื่อวาน, เมื่อวานนี้**   mêua waan, mêua waan née   昨天

- **ถูก**   tòok   受到、被（被動詞）   ▪ **รถ**   rót   汽車

- **ชน**   chon   撞   ▪ **ต้อง**   dtông   必須～（表義務）

- **หา**   hǎa   找、拜訪   ▪ **หมอ**   mǒr   醫生

- **ช่วย**   chûay   幫助   ▪ **พา**   paa   帶領

- **โรงพยาบาล**   rohng pá-yaa-baan   醫院

 I. คุณไม่สบายหรือเปล่า　你不舒服嗎？

1 身體部位與症狀

TRACK 70

1 หน้าผาก nâa pàak 額頭	**2** หน้า nâa 臉部	**3** หัว hǔa 頭	**4** หู hǒo 耳朵	**5** ปาก bpàak 口

6 ตา
dtaa
眼睛

7 นิ้ว
níw
手指

8 คาง
kaang
下巴

9 ฟัน
fan
牙齒

10 คอ
kor
喉嚨

11 แก้ม
gâem
臉頰

12 หลัง
lǎng
背

13 มือ
meu
手掌

14 แขน
kǎen
手臂

15 เอว
eo
腰

16 ไหล่
lài
肩膀

17 ท้อง
tóng
肚子

18 ก้น
gôn
臀部

19 ขา
kǎa
腿

20 เข่า
kào
膝蓋

21 นิ้วเท้า
níw táo
腳趾

22 เท้า
táo
腳、足部

ไม่สบาย mâi sà-baai 不舒服	ป่วย bpùay 生病、痛	ป่วยหนัก bpùay nàk 非常痛
ป่วยบ่อย bpùay bòi 時常生病	ปวด bpùat 不舒服、感覺疼痛	เจ็บ jèp 傷口等造成 某些部位的疼痛
แสบ sàep 刺痛	ปวดหัว bpùat hǔa 頭痛	แสบหน้า sàep nâa 臉部刺痛
แสบตา sàep dtaa 眼睛刺痛	ปวดหู bpùat hǒo 耳朵痛	ปวดฟัน bpùat fan 牙疼、牙痛
เจ็บคอ jèp kor 喉嚨痛	แสบคอ sàep kor 喉嚨刺痛	ปวดไหล่ bpùat lài 肩膀痛
ปวดหลัง bpùat lǎng 背痛	ปวดเอว bpùat eo 腰痛	ปวดแขน bpùat kǎen 手臂痛
ปวดขา bpùat kǎa 腿痛	ปวดเข่า bpùat kào 膝蓋痛	ปวดท้อง bpùat tóng 肚子痛
ท้องเสีย tóng sǐa 拉肚子	ท้อง, มีท้อง tóng, mee tóng 懷孕	เจ็บมือ jèp meu 手掌痛
เจ็บเท้า jèp táo 腳痛	เป็นหวัด bpen wàt 感冒	เป็นไข้ bpen kâi 發燒
น้ำมูกไหล nám môok lǎi 流鼻涕		เป็นโรค bpen rôhk 生病

2 對方看起來不舒服時，可以使用**คุณไม่สบายหรือเปล่า**
kun mâi sà-baai rěu bplào（你不舒服嗎？）的用法，詢問對方的健康
狀態。若無任何症狀時，可以使用**เปล่า** bplào（沒有）來回答
自己的健康狀態。

คุณ ไม่สบายหรือเปล่าครับ
kun   mâi sà-baai   rěu   bplào   kráp

你不舒服嗎？

ฉันเป็นหวัดค่ะ
chăn   bpen wàt   kâ

我感冒了。

คุณ ไม่สบายหรือเปล่าคะ
kun   mâi sà-baai   rěu   bplào   ká

你不舒服嗎？

ผมท้องเสียครับ
pŏm   tóng sĭa   kráp

我拉肚子了。

คุณ ไม่สบายหรือเปล่าครับ
kun   mâi sà-baai   rěu   bplào   kráp

你不舒服嗎？

ฉันรู้สึก ไม่สบายค่ะ
chăn róo sèuk mâi sà-baai   kâ

我覺得好像不太舒服。

คุณ ไม่สบายหรือเปล่าคะ
kun   mâi sà-baai   rěu   bplào   ká

你不舒服嗎？

เปล่าครับ ผมสบายดีครับ
bplào   kráp   pŏm sà-baai dee kráp

沒有，我很好。

- รู้สึก   róo sèuk   覺得

2. เมื่อวานนี้ฉันถูกรถชน 我昨天被汽車撞了。

1 ถูก tòok 的意思是「受到、被」，用於表示被動語態。

• 被動語態 tòok ถูก ＋ 名詞 ＋ 動詞 被～（名詞）～（動詞）

ผมถูกรถชน
pŏm tòok rót chon
我被車撞了。

วันนี้ฉันถูกจักรยานชน
wan née chăn tòok jàk-grà-yaan chon
我今天被自行車撞了。

เขาถูกตำรวจจับ
kăo tòok dtam-rùat jàp
他被警察抓了。

- จักรยาน jàk-grà-yaan 自行車
- ตำรวจ dtam-rùat 警察
- จับ jàp 抓

2 交通工具

TRACK 72

รถ 汽車
rót

จักรยาน
jàk-grà-yaan
自行車

มอเตอร์ไซค์
mor-dtêr-sai
摩托車

รถไฟ
rót fai
火車

รถไฟฟ้า
rót fai-fáa
電車、空鐵

รถไฟใต้ดิน
rót fai dtâi din
地鐵

แท็กซี่
táek sêe
計程車

รถเมล์ rót may
รถบัส rót bàt
公車

เรือ
reua
船

เครื่องบิน
krêuang bin
飛機

3. คุณต้องไปหาหมอ 你應該去看醫生。

意思為「必須～」的助動詞**ต้อง** dtông，是用於表示「義務、必須如此」等意義的單字。也可以使用較為溫和的用法─**ควร** kuan，提供對方規勸與建言等。

- **義務、必須如此**

  dtông **ต้อง** **必須～、得～**

- **規勸、建言等**

  kuan **ควร** **應當～**

คุณต้องมาที่นี่
kun dtông maa têe nêe
你必須來這裡。

คุณต้องไปหาอาจารย์
kun dtông bpai hăa aa-jaan
你必須去找教授。

คุณต้องส่งการบ้านภายในวันนี้
kun dtông sòng gaan bâan paai nai wan née
你必須在今天之內繳交作業。

คุณต้องออกกำลังกายวันละ 30 นาที
kun dtông òk gam-lang gaai wan lá săam sìp naa-tee
你必須每天運動30分鐘。

- ส่ง sòng 提出、繳交
- การบ้าน gaan bâan 作業、功課
- ภายใน paai nai ～之內、～以內
- ออกกำลังกาย òk gam-lang gaai 運動

4. ช่วยพาไปโรงพยาบาลหน่อย

請帶我去醫院一下。

向他人請託時，可使用「**ช่วย** chûay（幫忙）或 **ขอ** kŏr（拜託、請求、要求）＋請求內容＋**หน่อย** nòi（稍微）」的句型表達。

•請託

▲ ช่วยพาผมไปโรงพยาบาลหน่อย

chûay paa pŏm bpai rohng pá-yaa-baan   nòi

請帶我去醫院一下。

▲ ขอน้ำหน่อย

kŏr   nám nòi

請給我水一下。

01 詢問症狀

คุณไม่สบายหรือเปล่าคะ
kun mâi sà-baai rěu bplào ká

你不舒服嗎？

ผมเจ็บคอครับ
pŏm jèp kor kráp

我喉嚨痛。

คุณไม่สบายหรือเปล่าครับ
kun mâi sà-baai rěu bplào kráp

你不舒服嗎？

ฉันเป็นไข้ค่ะ
chăn bpen kâi kâ

我發燒了。

คุณไม่สบายหรือเปล่าคะ
kun mâi sà-baai rěu bplào ká

你不舒服嗎？

เปล่าครับ ผมสบายดีครับ
bplào kráp pŏm sà-baai dee kráp

沒有，我很好。

一般說到身體某個部位疼痛時，
多以「ปวด bpùat ＋身體部位」的方式表
達，不過有時也有例外，請特別注意。

02　以被動語態造句

เช้านี้ฉันถูกหมากัดค่ะ
cháo née chǎn tòok mǎa gàt kâ

今天早上我被狗咬了。

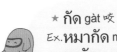

★ **กัด** gàt 咬、叮
Ex. **หมากัด** mǎa gàt 狗咬
　ยุงกัด yung gàt 蚊子叮

คุณต้องไปหาหมอครับ
kùn dtông bpai hǎa mǒr kráp

你必須去看醫生。

เมื่อวานนี้เพื่อนถูกรถชนครับ
mêua waan née pêuan tòok rót chon kráp

昨天朋友被汽車撞了。

ที่ไหนคะ
têe nǎi ká

在哪裡？

可是車子壞了耶～

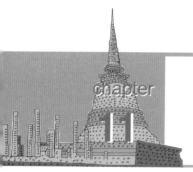

chái way-laa naan tâo-răi

ใช้เวลานานเท่าไหร่

花多久時間？

瓊美(ฉงเหม่ย) **วันนี้รถติดมากค่ะ**
wan née rót dtìt mâak kâ

兜(ต่อ) **วันเสาร์อาทิตย์รถติดหนักทั้งวันครับ**
wan săo aa-tít rót dtìt nàk táng wan kráp

瓊美(ฉงเหม่ย) **ใช้เวลานานเท่าไรจากที่นี่ไปถึงสถานีรถไฟคะ**
chái way-laa naan tâo rai jàak têe nêe bpai tĕung sà-tăa-nee rót fai ká

兜(ต่อ) **ใช้เวลาประมาณ 50 นาทีครับ**
chái way-laa bprà-maan hâa sìp naa-tee kráp

瓊美(ฉงเหม่ย) **ช่วยจอดรถที่ป้ายรถเมล์**
chûay jòt rót têe bpâai rót may

ฉันจะนั่งรถเมล์ไปสถานีรถไฟค่ะ
chăn jà nâng rót may bpai sà-tăa-nee rót fai kâ

瓊美正搭著兜的車前往火車站，因為是週末，路上塞車嚴重，瓊美打算換乘公車。

瓊美 今天路上很塞。
兜 週末一整天都很塞。

瓊美 從這裡到火車站花多久時間？
兜 大約花50分鐘。

瓊美 請把車子停在公車站旁。
我要搭公車去火車站。

單字

- รถ rót 汽車
- รถติด rót dtìt 塞車
- ทั้งวัน táng wan 一整天
- เวลา way-laa 時間
- นาน naan 漫長（時間）
- ถึง tĕung 到達、觸及、達到
- รถไฟ rót fai 火車
- จอด jòt 貼、停車
- ป้ายรถเมล์ bpâai rót may 公車站
- ติด dtìt 緊緊 貼住
- หนัก nàk 沉重、嚴重
- ใช้ chái 使用
- ใช้เวลา chái way-laa 花費時間
- จาก jàak 從～、自～
- สถานี sà-tăa-nee 站
- ประมาณ bprà-maan 大約、大概
- ป้าย bpâai 看板、公車站的招牌
- นั่ง nâng 坐、搭乘

ı. ใช้เวลานานเท่าไหร่　　　　花多久時間？

　　詢問所需時間時，可使用 **ใช้เวลา** chái way-laa（花費時間），以 **ใช้เวลานานเท่าไหร่** chái way-laa naan tâo-rài（花多久時間？）這句話來詢問。

chái way-laa
ใช้เวลา
　　花費時間

ใช้เวลานานเท่าไหร่ครับ　　　　花多久時間？
chái way-laa naan　　tâo rài　　　kráp

ใช้เวลาประมาณ 2 ชั่วโมงค่ะ　大約花2小時。
chái way-laa bprà-maan　　sǒng chûa mohng kâ

ใช้เวลานานเท่าไรจากโรงแรมไปถึงสนามบินครับ
chái way-laa naan　tâo rai　jàak　rohng raem　bpai těung sà-nǎam bin　kráp
從飯店到機場花多久時間？

นั่งแท็กซี่ใช้เวลาประมาณ 40 นาทีค่ะ
nâng táek sêe　chái way-laa bprà-maan　　sèe sìp naa-tee kâ
搭計程車大約花40分鐘。

ใช้เวลานานเท่าไรจากวัดพระศรีรัตนศาสดาราม
chái way-laa naan tâo rai jàak wát prá sěe rát-dtà-ná-sàat-sà-daa-raam

ไปวัดอรุณฯครับ
bpaí wát a-run kráp

從玉佛寺到鄭王廟要花多久時間？

นั่งรถบัสสาย 9 ใช้เวลาเพียง 30 นาทีค่ะ
nâng rót bàt sǎai gâo chái way-laa piang sǎam sìp naa-tee kâ

搭9號線公車只要花30分鐘。

▪ วัด	wát	寺廟
▪ วัดพระศรีรัตนศาสดาราม	wát prá sěe rát-dtà-ná-sàat-sà-daa-raam	玉佛寺
▪ วัดอรุณฯ	wát a-run	鄭王廟
▪ สาย	sǎai	線
▪ เพียง	piang	只、僅僅

๒. ฉันจะนั่งรถเมล์ไปสถานีรถไฟ

我要搭公車去火車站。

關於交通工具的「搭乘」，有以下幾種用法。

ขี่ kèe 騎馬； 騎摩托車、自行車； 駕駛	◀ ขี่ม้า kèe máa	騎馬
	◀ ขี่จักรยาน kèe jàk-grà-yaan	騎自行車
	◀ ขี่มอเตอร์ไซค์ kèe mor-dtêr	騎摩托車

| ขึ้น
kêun

搭上、搭乘 | ◀ ขึ้นรถ
kêun rót | 搭車、上車 |
| | ◀ ขึ้นรถไฟไป
kêun rót fai bpai | 搭火車去 |

นั่ง nâng 坐、搭乘	◀ นั่งเครื่องบินครั้งแรก nâng krêuang bin kráng râek 第一次搭飛機。
	◀ นั่งรถไฟจากไทเปไปเที่ยวฮวาเหลียน nâng rót fai jàak tai-bpay bpai tiêow hua lian 從台北搭火車去花蓮玩。
	◀ นั่งเรือ nâng reua 搭船

ลง long
降落、下、搭船

◁ **ลงเรือที่เวนิส**
long reua têe way-nít
在威尼斯搭船。

◁ **เครื่องบินลงที่ท่าอากาศยานสุวรรณภูมิ**
krêuang bin   long têe tâa aa-gàat-sà-yaan   sù-wan-na-poom
飛機降落在蘇汪納蓬機場。

ต่อรถ dtòr rót
換乘

◁ **ต่อรถไฟใต้ดินสาย 9**
dtòr rót   fai dtâi din   săai   gâo
換乘9號線地鐵。

◁ **นั่งรถไฟไปสถานีโซลแล้วต่อรถไฟใต้ดินสาย 4**
nâng rót   fai   bpai sà-tăa-nee sohn   láew   dtòr rót   fai dtâi din   săai   sèe
搭火車到首爾站，然後換乘4號線地鐵。

ครั้ง	kráng	時期、～次、～回、～號
แรก	râek	首度、最初的
ครั้งแรก	kráng râek	第一次、頭一回
เวนิส	way-nít	威尼斯（義大利的都市）
ท่าอากาศยาน	tâa aa-gàat-sà-yaan	機場 สนามบิน sà-năam bin
สุวรรณภูมิ	sù-wan-na-poom	曼谷蘇汪納蓬機場
ต่อรถไฟใต้ดิน	dtòr rót fai dtâi din	換乘地鐵
ต่อรถไฟฟ้า	dtòr rót fai-fáa	換成空鐵

01 詢問所需時間

TRACK 77

ใช้เวลานานเท่าไหร่ครับ
chái way-laa naan tâo rài　　　kráp
花多久時間？

ใช้เวลาประมาณ 1 ชั่วโมง 2 นาทีค่ะ
chái way-laa bprà-maan nèung　chûa mohng　sŏng　naa-tee kâ
大約花1小時2分。

ใช้เวลานานเท่าไรจากโรงเรียนไปถึงพิพิธภัณฑ์ครับ
chái way-laa naan tâo rai　　jàak　rohng rian　　bpai tĕung pí-pít-ta-pan　　kráp
從學校到博物館花多久時間？

นั่งรถไฟใต้ดินใช้เวลาประมาณ 18 นาทีค่ะ
nâng rót fai dtâi din chái way-laa bprà-maan　　sìp bpàet　naa-tee kâ
搭地鐵大約花18分鐘。

 ใช้เวลานานเท่าไรจากสนามบินไปโรงแรมครับ

chái way-laa naan tâo rai jàak   sà-năam bin   bpai rohng raem   kráp

從機場到飯店花多久時間？

นั่งรถบัสสาย 6011 ใช้เวลาเพียง 46 นาทีค่ะ

nâng rót bàt săai hòk sŏon nèung nèung chái way-laa piang sèe sìp hòk naa-tee kâ

搭6011號線公車只要花46分鐘。

ใช้เวลา chái way-laa（花費時間）
可以用來詢問與回答所需時間。

泰國的交通方式

從機場要怎麼去曼谷呀?

機場不是有空鐵和公車、計程車、摩托計程車、嘟嘟車、快船、雙條車、小巴嗎?

空鐵(BTS)和地鐵(MRT) 連結曼谷東西南北的空鐵,
有蘇坤蔚線(Sukhumvit Line)及席隆線(Silom Line)兩條路線。
地鐵通過曼谷市區18個車站,而目前路線正繼續延伸中。
空鐵站與地鐵站交會的部分車站,設有收費換乘功能,
前往機場的機場快線(ARL)也已開通。

公車 公車分為有空調與無空調兩種路線,
無空調公車有時也提供免費搭乘。搭上公車,
隨車人員詢問抵達的目的地後,
會收取費用再發給車票,
另外由於車上沒有英語到站廣播,
外國人較不容易搭乘。
最近走特定路線的BRT公車也在部分地區開始營運,
大大縮減曼谷市民上下班的交通時間。

再來再來喔!

計程車 曼谷的計程車有黃色、紫色、粉紅色、綠色等,色彩繽紛是最主要的特徵,起跳價格為35泰銖。普吉島、清邁等外國人較常造訪的觀光地區,有較多計程車營業,其他地區則不容易招到計程車。

摩托計程車 在交通阻塞嚴重的曼谷或大眾交通不便的偏鄉，一般市民喜歡利用摩托計程車作為交通工具。

嘟嘟車 是由摩托車改造，可以讓多人乘坐的計程車，主要在短程移動或行李較多時搭乘。在觀光地區可以找到許多專門載送外國觀光客的嘟嘟車。

快船 昭披耶河上的水上接駁船、盛桑運河快船等，這類橫越河流或運河的快船，也是一般市民的交通工具。

雙條車 由貨車改造，是在沒有公車、地鐵或計程車的曼谷以外地區，最被廣泛使用的小型公車。除了搭乘營運固定路線的嘟嘟車外，也可以告訴嘟嘟車司機要前往的目的地後，坐上嘟嘟車後方兩側的椅子，在即將抵達目的地時，按下設置於天花板上的按鈕，即可下車。

小巴 是在曼谷市區移動或城市間移動時搭乘的小型巴士。若城市間的移動為短程時，一般使用小巴；若為長距離的移動時，則使用大巴或汽車、飛機。

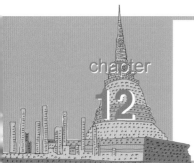
hâi líeow kwǎa láe dern dtrong bpai
ให้เลี้ยวขวาและเดินตรงไป
kâang nâa bprà-maan yêe sìp naa-tee
ข้างหน้าประมาณ20 นาที
右轉後直走約20分鐘。

駿逸(จวิ้นอี้) ขอโทษครับ ไปสยามพารากอนอย่างไรครับ
kŏr tôht kráp bpai sà-yǎam-paa-raa-gon yàang rai kráp

馮(ฝน) ให้เลี้ยวขวา
hâi líeow kwǎa

และเดินตรงไปข้างหน้าประมาณ 20 นาทีค่ะ
láe dern dtrong bpai kâang nâa bprà-maan yêe sìp naa-tee kâ

駿逸(จวิ้นอี้) รถไฟฟ้าผ่านแถวนี้หรือเปล่าครับ
rót fai fáa pàan tǎe née rěu bplào kráp

馮(ฝน) รถไฟฟ้าผ่านแถวนี้แต่ยังไม่เปิดให้บริการค่ะ
rót fai fáa pàan tǎe née dtàe yang mâi bpèrt hâi bor-ri-gaan kâ

รถไฟฟ้าเปิดให้บริการตั้งแต่เวลา
rót fai fáa bpèrt hâi bor-rí-gaan dtâng dtàe way-laa

06.00 - 24.00 น. ค่ะ
hòk naa-lí-gaa tĕung yêe sìp sèe naa-lí-gaa kâ

駿逸(จวิ้นอี้) ขอบคุณครับ คุณใจดีมากครับ
kòp kun kráp kun jai dee mâak kráp

駿逸正向馮問路。

駿逸 不好意思。請問暹羅百麗宮百貨怎麼走？
馮 右轉後直走約20分鐘。

駿逸 空鐵經過這條路嗎？
馮 空鐵經過這條路，但是還沒開始營業。
空鐵的營業時間為6點到24點。

駿逸 謝謝。你人真好。

單字

泰文	拼音	中文
สยามพารากอน	sà-yăam-paa-raa-gon	位於曼谷暹羅的百貨公司暹羅百麗宮（Siam Paragon）
ให้	hâi	使～、讓～
ขวา	kwăa	右邊、右側
ตรงไป	dtrong bpai	直直前進、直行
หน้า	nâa	前面、臉、表面、頁
ผ่าน	pàan	經過、通過
ยัง	yang	尚未（修飾詞）；存在（動詞）；在～、到～、持續（前置詞）
เปิด	bpèrt	打開、開啟
ตั้งแต่	dtâng dtàe	時間、場所 從～
เลี้ยว	líeow	轉向、旋轉
เดิน	dern	步行、行走
ข้าง	kâang	方向
ข้างหน้า	kâang nâa	前面
แถวนี้	tăe née	這附近
บริการ	bor-rí-gaan	服務、提供服務（บ bor 可讀為一聲，也可讀為平聲）
ใจดี	jai dee	親切、好心

1. ให้เลี้ยวขวา และเดินตรงไปข้างหน้าประมาณ 20 นาที

右轉後直走約20分鐘。

1 位置與方向

TRACK 80

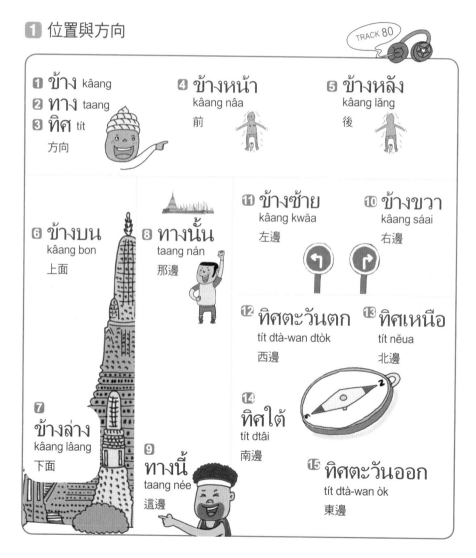

1 ข้าง kâang
2 ทาง taang
3 ทิศ tít
方向

4 ข้างหน้า
kâang nâa
前

5 ข้างหลัง
kâang lăng
後

6 ข้างบน
kâang bon
上面

7 ข้างล่าง
kâang lâang
下面

8 ทางนั้น
taang nán
那邊

9 ทางนี้
taang née
這邊

11 ข้างซ้าย
kâang kwăa
左邊

10 ข้างขวา
kâang sáai
右邊

12 ทิศตะวันตก
tít dtà-wan dtòk
西邊

13 ทิศเหนือ
tít nĕua
北邊

14 ทิศใต้
tít dtâi
南邊

15 ทิศตะวันออก
tít dtà-wan òk
東邊

16 ◢ ข้าม
kâam
穿越馬路

17 ◢ เลี้ยวขวา
líeow kwǎa
右轉

18 ◢ เลี้ยวซ้าย
líeow sáai
左轉

19 ◢ ตรง ไปข้างหน้า
dtrong bpai kâang nâa
直行

2 指引方向

◄ **ให้เลี้ยวขวา และเดินตรงไปข้างหน้าประมาณ**
hâi líeow kwǎa láe dern dtrong bpai kâang nâa bprà-maan
20 นาที
yêe sìp naa-tee
右轉後直走約20分鐘。

◄ **ให้เลี้ยวซ้าย และเดินตรงไปข้างหน้าประมาณ 5 นาที**
hâi líeow sáai láe dern dtrong bpai kâang nâa bprà-maan hâa naa-tee
左轉後直走約5分鐘。

◄ **ให้เลี้ยวขวา และข้ามสะพาน**
hâi líeow kwǎa láe kâam sà-paan
右轉後過橋。

◄ **เดินตรงไปข้างหน้า 9 นาที**
dern dtrong bpai kâang nâa gâo naa-tee
และข้ามถนนหน้าโรงพยาบาล
láe kâam tà-nǒn nâa rohng pá-yaa-baan
直走9分鐘後，在醫院前過馬路。

公車站
在哪裡啊？

ให้เลี้ยวขวา และข้ามสะพาน
hâi líeow kwǎa láe kâam sà-paan
右轉後過橋。

2. รถไฟฟ้าผ่านแถวนี้แต่ยังไม่เปิดให้บริการ

空鐵經過這條路，但是還沒開始營業。

ยัง yang 有許多意思，其中最常被使用的意思如下。

作為修飾詞之用時，意思是「尚未」；作為介係詞之用時，意思是「在～、到～、持續」。

● 修飾詞　　ยัง yang　尚未

● 介係詞　　ยัง yang　在～、到～、持續

ยังไม่กินข้าว
yang mâi gin kâao

還沒吃飯。

ยังกินข้าวอยู่
yang gin kâao yòo

還在吃飯。

กินข้าวหรือยัง
gin kâao rěu yang

吃飯了嗎？

ยังไม่ไป
yang mâi bpai

還沒去。

ไปยังเมืองไทย
bpai yang meuang tai

去到泰國。

ยังไม่ดื่มเหล้า
yang mâi dèum lâo

還沒喝酒。

ยังดื่มเหล้าอยู่
yang dèum lâo yòo

還在喝酒。

3. คุณใจดีมาก

你人真好。

1 描寫性格

TRACK 81

นิสัย
ní-săi
性格

นิสัยดี
ní-săi dee
性格好

นิสัยไม่ดี
ní-săi mâi dee
性格差

ใจ
jai
心、心性、
心臟

ใจดี
jai dee
好心

ใจร้าย
jai ráai
邪惡、
惡毒

ใจชั่ว
jai chûa
惡劣、
壞心眼

ใจกว้าง
jai gwâang
心胸寬廣

ใจแคบ
jai kâep
心胸狹窄

ใจน้อย
jai nói
謹慎、
狹隘

ใจแข็ง
jai kăeng
頑固、
頑強

ใจร้อน
jai rón
ใจเร็ว
jai reo
性急、急躁

ใจเย็น
jai yen
冷靜、沉著

ใจง่าย
jai ngâai
耳根子軟、
輕易聽信他人、
易被他人左右

ใจดำ
jai dam
自私

ใจสูง
jai sŏong
高尚、高雅

ใจอ่อน
jai òn
溫馴、富有
同情心

คุณใจกว้าง
kun jai gwâang
你的心胸寬大。

คุณใจร้อนมาก
kun jai rón mâak
你的性格真急躁。

เขาใจดีมาก
kăo jai dee mâak
他非常好心。

น้องชายของฉันใจเย็น
nóng chaai kŏng chăn jai yen
我弟弟性格沉著。

เพื่อนของคุณนิสัยไม่ดี
pêuan kŏng kun ní-săi mâi dee
你朋友的性格不好。

ผมชอบคุณ เพราะคุณนิสัยดี
pŏm chôp kun prór kun ní-săi dee
我喜歡你，因為你的性格好。

2 人物描述

ขี้ kêe 的意思是「喜歡做～、～屬性的、～類型的」，可利用ขี้ kêe 來描述一個人的性格或特色。此時，以「ขี้ kêe ＋動詞」的句型表達。

ขี้ kêe ＋ 動詞　喜歡做～、～屬性的、～類型的

TRACK 82

ขี้ kêe	+ ร้อน rón	熱	⋯▸ ขี้ร้อน kêe rón	怕熱、易流汗
	+ หนาว nǎao	冷	⋯▸ ขี้หนาว kêe nǎao	怕冷
	+ กลัว glua	害怕	⋯▸ ขี้กลัว kêe glua	膽怯、膽小鬼
	+ อาย aai	害羞、羞怯	⋯▸ ขี้อาย kêe aai	容易害羞、較怕生的
	+ อิจฉา ìt-chǎa	嫉妒、貪心	⋯▸ ขี้อิจฉา kêe ìt-chǎa	嫉妒心強
	+ สงสาร sǒng-sǎan	感到可憐	⋯▸ ขี้สงสาร kêe sǒng-sǎan	富有同情心
	+ เล่น lên	玩	⋯▸ ขี้เล่น kêe lên	愛玩的、調皮鬼
	+ เมา mao	酒醉	⋯▸ ขี้เมา kêe mao	酒醉、酒鬼
	+ เหนียว nǐeow	吝嗇	⋯▸ ขี้เหนียว kêe nǐeow	吝嗇、鐵公雞

◢ ผมเป็นคนขี้ร้อนครับ
pŏm bpen kon kêe rón kráp

我是很怕熱的人。

◢ ฉันเป็นคนขี้อายค่ะ
chăn bpen kon kêe aai kâ

我是很害羞的人。

◢ รุ่นน้องของฉันเป็นคนขี้เมาค่ะ
rûn nóng kŏng chăn bpen kon kêe mao kâ

我的晚輩是酒鬼。

◢ คุณแม่ของฉันเป็นคนขี้หนาว
kun mâe kŏng chăn bpen kon kêe năao

我媽媽是很怕冷的人。

◢ น้องสาวของผมเป็นคนขี้กลัว
nóng săao kŏng pŏm bpen kon kêe glua

我妹妹很膽小。

◢ แฟนของผมเป็นคนขี้อิจฉา
faen kŏng pŏm bpen kon kêe ìt-chăa

我的女朋友嫉妒心很強。

01　問路與回答

TRACK 83

ขอโทษครับ ไปสยามพารากอนอย่างไรครับ

kŏr tôht　kráp　bpai sà-yăam-paa-raa-gon　yàang rai　kráp

不好意思。請問暹羅百麗宮百貨怎麼走？

ให้เลี้ยวขวา และเดินตรงไปข้างหน้าประมาณ 20 นาทีค่ะ

hâi líeow　kwăa　láe　dern　dtrong bpai kâang nâa　bprà-maan　yâe sìp naa-tee kâ

右轉後直走約20分鐘。

ขอโทษครับ ไปพระราชวังอย่างไรครับ

kŏr tôht　kráp　bpai prá　râat-chá-wang yàang rai kráp

不好意思。請問大皇宮怎麼走？

ให้เลี้ยวซ้ายและเดินตรงไปข้างหน้าประมาณ 5 นาที

hâi líeow sáai　láe　dern　dtrong bpai kâang nâa　bprà-maan　hâa naa-tee

左轉後直走約5分鐘。

請記住右轉是เลี้ยวขวา líeow kwăa，
左轉是เลี้ยวซ้าย líeow sáai。
搭計程車時非常有幫助喔。

ขอโทษครับ ไปวัดอรุณฯอย่างไรครับ
kŏr tôht   kráp   bpai wát a-run   yàang rai   kráp
不好意思。請問鄭王廟怎麼走？

ให้เลี้ยวขวา และข้ามถนนหน้าตลาด
hâi líeow kwăa   láe   kâam tà-nŏn   nâa   dtà-làat
右轉後在市場前過馬路。

ขอโทษครับ ไปสถานีรถไฟหัวลำโพงอย่างไรครับ
kŏr tôht   kráp   bpai sà-tăa-nee rót fai   hŭa lam-pohng   yàang rai   kráp
不好意思。請問華藍蓬火車站怎麼走？

เดินตรงไปข้างหน้า 9 นาที ถึงสี่แยกให้เลี้ยวขวา
dern dtrong   bpai kâang   nâa   gâo naa-tee   tĕung sèe yâek hâi líeow kwăa
直走9分鐘後，在十字路口右轉。

▪ สี่แยก   sèe yâek   十字路口

chapter
13

wan sŏng-graan　　tĕu　bpen　tâyt-sà-gaan
วันสงกรานต์ถือเป็นเทศกาล
têe săm-kan　mâak　kŏng　tai
ที่สำคัญมากของไทย
潑水節是泰國非常重要的節日

TRACK 84

駿逸(จวิ้นอี้)
วันนี้เป็นวันสงกรานต์ใช่ไหมครับ
wan née bpen　wan sŏng-graan　　châi măi　kráp

馮(ฝน)
ค่ะ วันสงกรานต์ถือเป็นเทศกาลที่สำคัญมาก
kâ　wan sŏng-graan　　tĕu bpen tâyt-sà-gaan têe săm-kan mâak

ของไทยค่ะ
kŏng　tai　kâ

駿逸(จวิ้นอี้)
ในวันสงกรานต์คนไทยทำอะไรบ้างครับ
nai wan sŏng-graan　kon　tai　tam a rai　bâang kráp

馮(ฝน)
ชาวไทยไปทำบุญและเล่นน้ำในวันสงกรานต์ค่ะ
chaao tai　bpai tam bun　láe　lên náam　nai wan sŏng-graan　kâ

駿逸(จวิ้นอี้)
นอกจากวันสงกรานต์
nôk　jàak　wan sŏng-graan

มีเทศกาลที่มีชื่อเสียงของไทยอีกไหมครับ
mee tâyt-sà-gaan têe mee chêu sĭang　　kŏng tai èek măi　kráp

馮(ฝน)
วันลอยกระทงก็เป็นวันเทศกาลสำคัญวันหนึ่ง
wan loi grà-tong　　gôr bpen wan tâyt-sà-gaan săm-kan wan nèung

ของไทยค่ะ
kŏng　tai　kâ

我的
第一本泰語課本

在泰國的重要節日潑水節這天，駿逸正向馮詢問泰國的節日。

駿逸 今天是潑水節對嗎？

馮 是的，潑水節是泰國非常重要的節日。

駿逸 在潑水節這天，泰國人都做些什麼呢？

馮 泰國人在潑水節這天去做功德和玩水。

駿逸 除了潑水節之外，
泰國還有其它有名的節日嗎？

馮 水燈節也是泰國重要的節日之一。

看我的!!

TRACK 85

單字

วันสงกรานต์	wan sŏng-graan	泰國的新年，也是世界知名的潑水節慶，在4月13～15日
วันลอยกระทง	wan loi grà-tong	水燈節。點燃蠟燭，放在以香蕉葉編成的小船上，隨波逐流而去，藉以告別舊的一年，並祈求來年平安，是泰國最具代表性的節日之一。泰曆12月15日夜晚，即西元11月。
ถือ	tĕu	看作～、視為～
เทศกาล	tâyt-sà-gaan	節慶、節日
สำคัญ	săm-kan	重要的
ใน	nai	在～之內、內部的、在～之中、裡面的、～的
ชาว	chaao	相同人種、職業、宗教或居住地的人們
ชาวไทย	chaao tai	泰國人
ทำบุญ	tam bun	行善、作功德、布施食物給和尚（供養）
เล่นน้ำ	lên náam	玩水。潑水節時，泰國人藉由潑水給予對方祝福。
นอกจาก	nôk jàak	除～之外、～以外
มีชื่อเสียง	mee chêu-sĭang	有名的
อีก	èek	更、其他、再次
ก็	gôr	～也、就～

基礎文法解說

1. วันสงกรานต์ถือเป็นเทศกาลที่สำคัญมากของไทย 潑水節是泰國非常重要的節日。

1 ถือเป็น těu bpen 的意思是「看作～、視為～」，經常使用在提及與特定對象相關的一般訊息或認知時。

těu bpen
ถือเป็น

看作～、視為～

วันสงกรานต์**ถือเป็น**เทศกาลที่สำคัญมากของไทย
wan sǒng-graan těu bpen tâyt-sà-gaan têe sǎm-kan mâak kǒng tai
潑水節是泰國非常重要的節日。

วันลอยกระทง**ถือเป็น**เทศกาลที่สำคัญมากของไทย
wan loi grà-tong těu bpen tâyt-sà-gaan têe sǎm-kan mâak kǒng tai
水燈節是泰國非常重要的節日。

ภาษาจีน**ถือเป็น**ภาษาที่เรียนรู้ยาก
paa-sǎa jeen těu bpen paa-sǎa têe rian róo yâak
中文被認為是不易學習的語言。

ภาษาอังกฤษ**ถือเป็น**ภาษาที่มีคนพูดมากที่สุดในโลก
paa-sǎa ang-grìt těu bpen paa-sǎa têe mee kon pôot mâak têe sùt nai lôhk
英語是世界上最多人說的語言。

คนนี้**ถือเป็น**คนที่อายุมากที่สุดในโลก
kon née těu bpen kon têe aa-yú mâak têe sùt nai lôhk
這位是世界上年紀最大的人。

- เรียนรู้ rian róo 習得

2 「節日／國定假日＋**ตรงกับ** dtrong gàp（變成～）＋ 日期」的句型，可用於表示特定節日的日期。

節日／國定假日 **+** dtrong gàp **ตรงกับ** 變成～ **+** 日期　特定節日的日期

◢ **วันสงกรานต์ตรงกับวันที่เท่าไหร่**
wan sŏng-graan　　　dtrong gàp　wan　têe tâo　rài
潑水節是幾號？

◢ **วันสงกรานต์ตรงกับวันที่ 13~15 เมษายน**
wan sŏng-graan dtrong gàp wan têe　sìp săam tĕung sìp hâa may-săa-yon
潑水節是4月13～15日。

วันสงกรานต์ตรงกับวันท 13~15 เมษายน
wan sŏng-graan dtrong gàp wan têe sìp săam tĕung sìp hâa　may-săa-yon
潑水節是4月13～15日。

๒. นอกจากวันสงกรานต์ มีเทศกาลที่มีชื่อเสียงของไทยอีกไหม

除了潑水節之外，泰國還有其他有名的節日嗎？

อีก èek 有「更、其他、再次」的意思，可用於進一步詢問對方時。

èek
อีก

更、其他、再次

◁ มีอีกไหม
mee èek măi

還有嗎？／有其他的嗎？

◁ มีกระเป๋าอีกไหม
mee grà-bpăo èek măi

還有皮包嗎？

◁ มีหนังสืออีกไหม
mee năng-sĕu èek măi

有其他本書嗎？

◁ นอกจากนี้ มีอีกไหม
nôk jàak née mee èek măi
除了這個之外，還有其他的嗎？

◁ นอกจากนั้น มีอะไรอีกไหม
nôk jàak nán mee a-rai èek măi
除了那個之外，還有什麼其他的？

3. วันลอยกระทงก็เป็นวันเทศกาลสำคัญวันหนึ่งของไทย

水燈節也是泰國重要的節日之一。

「對象＋**หนึ่ง** nèung」的句型，可用來表達「～之一」的意思。

對象 ＋ หนึ่ง (nèung) ～之一

วันสำคัญวันหนึ่งของไทย
wan săm-kan wan nèung kŏng tai
泰國重要的日子之一。

มหาวิทยาลัยที่มีชื่อเสียงแห่งหนึ่งของไต้หวัน
má-hăa wít-tá-yaa-lai têe mee chêu sĭang hàeng nèung kŏng dtâi-wănăn
台灣知名大學之一。

นักกีฬาที่มีชื่อเสียงมากที่สุดคนหนึ่ง
nák gee-laa têe mee chêu-sĭang mâak têe sùt kon nèung
最有名的運動選手之一。

วันเข้าพรรษาก็เป็นวันสำคัญในพุทธศาสนาวันหนึ่ง
wan kâo pan-săa gôr wan săm-kan nai pút-tá-sàat-sà-năa wan nèung
守夏節也是重要的佛教節日之一。

- นักกีฬา nák gee-laa 運動選手
- พุทธศาสนา pút-tá-sàat-sà-năa 佛教

01 關於節慶的詢問與說明

วันนี้เป็นวันสงกรานต์ใช่ไหมครับ
wan née bpen wan sŏng-graan   châi măi   kráp
今天是潑水節對吧？

ค่ะ วันสงกรานต์ถือเป็นเทศกาลที่สำคัญมากของไทย
kâ   wan sŏng-graan   tĕu bpen tâyt-sà-gaan têe săm-kan mâak kŏng tai
是的，潑水節是泰國非常重要的節日。

นอกจากวันสงกรานต์
nôk jàak   wan sŏng-graan

มีเทศกาลที่สำคัญของไทยอีกไหมครับ
mee tâyt-sà-gaan têe săm-kan kŏng tai   èek   măi   kráp
除了潑水節之外，泰國還有其他重要的節日嗎？

วันลอยกระทงก็เป็นวันเทศกาลสำคัญวันหนึ่งของไทยค่ะ
wan loi grà-tong   gôr bpen wan tâyt-sà-gaan săm-kan wan nèung kŏng tai   kâ
水燈節也是泰國重要的節日之一。

วันนี้เป็นวันลอยกระทงใช่ไหมครับ
wan née bpen wan loi grà-tong   châi   măi kráp
今天是水燈節對吧？

ค่ะ วันลอยกระทงถือเป็นเทศกาลที่มีชื่อเสียงมากของไทยค่ะ
kâ wan loi grà-tong tĕu bpen tâyt-sà-gaan têe mee chêu-sĭang mâak kŏng tai kâ
是的，水燈節是泰國非常有名的節日。

นอกจากวันลอยกระทง
nôk jàak　　wan loi grà-tong

มีเทศกาลที่มีชื่อเสียงของ ไทยอีกไหมครับ
mee tâyt-sà-gaan têe mee chêu sĭang kŏng tai　èek măi　　kráp
除了水燈節之外，泰國還有其他有名的節日嗎？

วันสงกรานต์ก็เป็นวันเทศกาลสำคัญวันหนึ่งของ ไทยค่ะ
wan sŏng-graan gôr bpen wan tâyt-sà-gaan săm-kan wan nèung kŏng　taí　　kâ
潑水節也是泰國有名的節日之一。

พรุ่งนี้เป็นเทศกาลไหว้พระจันทร์ใช่ไหมครับ
prûng-née bpen tâyt-sà-gaan wâi prá jan　　　　châi măi　　kráp
明天是中秋節對吧？

- ไหว้พระจันทร์　wâi prá jan　中秋節
- ตรุษจีน　　　　dtrùt jeen　　農曆新年

ค่ะ เทศกาล ไหว้พระจันทร์ถือเป็นเทศกาลที่สำคัญของ ไต้หวันค่ะ
kâ tâyt-sà-gaan wâi prá jan tĕu bpen tâyt-sà-gaan têe săm-kan kŏng dtâi-wăn　kâ
是的，中秋節是台灣非常重要的節日。

นอกจากเทศกาล ไหว้พระจันทร์มีเทศกาลที่สำคัญของ
nôk jàak　　　tâyt-sà-gaan wâi prá jan　　　mee tâyt-sà-gaan têe săm-kan kŏng

ไต้หวันอีก ไหมครับ
dtâi wan èek　　măi　　kráp
除了中秋節之外，台灣還有其它重要的節日嗎？

วันตรุษจีนก็เป็นวันเทศกาลสำคัญวันหนึ่งของ ไต้หวันค่ะ
wan dtrùt jeen gôr bpen wan tâyt-sà-gaan săm-kan wan nèung kŏng dtâi-wăn kâ
農曆新年也是台灣重要的節日之一。

泰國的 紀念日

聽說路邊正在舉辦潑水活動。
我們也一起去看看吧～

啊～～原來是潑水節的
慶祝活動啊……

我等的就是這一天～～

哈哈哈
怎麼樣啊？
九段組合
自動噴射機！

潑水節（วันสงกรานต์，Songkran，4月13～15日）

潑水節是紀念泰國新年，藉由向彼此潑水給予對方祝福的潑水節慶，為泰國最盛大的節日。一年中最熱的這幾天，全國一般休息一週，泰國人此時返鄉過節，或是走向街頭，向陌生人潑水同歡。必須注意的是，千萬不可向和尚潑水。潑水節較受歡迎的地區，有曼谷的皇家田廣場、考山路、席隆，還有北部地區的素可泰與清邁。

哇！好漂亮的夜空！

這個節日是水燈節⋯天上許多的燈火就叫天燈（โคมลอย kohm loi）。

水燈節（วันลอยกระทง，泰曆12月15日夜晚）

在以香蕉葉編成的蓮花狀小船 **กระทง** grà-tong 上，放置蠟燭、線香、錢幣，使之隨波逐流而去，帶走所有不幸與厄運，藉此告別舊的一年，並祈求來年的平安與願望達成，是泰國最具代表性的節日之一。該節日的由來，可上溯至素可泰王朝。

守夏節（เข้าพรรษา，農曆8月15日後一天，即農曆8月16日）

是在雨季開始之際，和尚為修行精進而進入寺廟的日子，也是預告長達三個月的安居即將開始的泰國著名佛教紀念日。信徒為和尚準備好這段期間所需的僧衣、食物與蠟燭等，在守夏節開始的前幾天，陸續至寺廟供奉蠟燭等物品。

三寶節

（วันอาสาฬหบูชา，農曆8月15日）

為紀念釋迦摩尼佛初次講道，手持蠟燭遊行的日子。

與王室相關的紀念日舉例如下。
紀念恰克里王朝建立的
恰克里日（4月6日）；
紀念詩麗吉皇后生日的
母親節（8月12日）；
紀念蒲美蓬國王生日的
父親節（12月5日）。

跟著國際學村第二外語書系，
走向世界超輕鬆！
一書在手，就能輕易上社群網站征服全世界！

超入門基礎好學

作者／Lee, joo-yeon
定價／399 元

作者／奧村裕次、林旦妃
定價／350 元

作者／朴鎮亨
定價／350 元

作者／姜在玉
定價／399 元

作者／Nguyễn Thị Thu Hằng
定價／399 元

作者／吳承恩
定價／399 元

 國際學村  LA PRESS 語研學院 Language Academy Press

語言學習NO.1

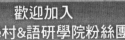

台灣廣廈 國際出版集團
Taiwan Mansion International Group

國家圖書館出版品預行編目資料

我的第一本泰語課本 / 白知姈著. -- 初版
-- 新北市 : 國際學村 ,2016.08
面； 公分
ISBN 978-986-454-024-2（平裝）
1. 泰語 2. 讀本

803.758 105009012

國際學村

我的第一本泰語課本：本書適用完全初學、從零開始的泰文學習者！

作　　者／白知姈
審　　訂／許超娜
翻　　譯／林侑毅
編輯中心／第六編輯室
編 輯 長／伍峻宏・**編輯**／王文強
封面設計／呂佳芳・**內頁排版**／東豪印刷事業有限公司
製版・印刷・裝訂／東豪・弼聖・明和

行企研發中心總監／陳冠蒨
媒體公關組／陳柔彣
綜合業務組／何欣穎
線上學習中心總監／陳冠蒨
產品企製組／黃雅鈴

發 行 人／江媛珍
法律顧問／第一國際法律事務所 余淑杏律師・北辰著作權事務所 蕭雄淋律師
出　　版／台灣廣廈有聲圖書有限公司
地址：新北市235中和區中山路二段359巷7號2樓
電話：（886）2-2225-5777・傳真：（886）2-2225-8052

全球總經銷／知遠文化事業有限公司
地址：新北市222深坑區北深路三段155巷25號5樓
電話：（886）2-2664-8800・傳真：（886）2-2664-8801
郵 政 劃 撥／劃撥帳號：18836722
劃撥戶名：知遠文化事業有限公司（※單次購書金額未達1000元，請另付70元郵資。）

■出版日期：2023年2月9刷
ISBN：978-986-454-024-2

版權所有，未經同意不得重製、轉載、翻印。